ROMAIN SARDOU

Issu d'une longue lignée d'artistes, Romain Sardou, né en 1974, se passionne très jeune pour l'opéra, le théâtre et la littérature. Il abandonne le lycée avec l'intention de devenir auteur dramatique, et suit un cours de théâtre afin de mieux saisir la mécanique des textes de scène, tout en dévorant classiques et historiens. Après quelques années à Los Angeles, où il écrit des scénarios pour enfants, c'est en France qu'il publie chez XO son premier roman, un thriller médiéval, *Pardonnez nos offenses* (2002), qui connaît aussitôt un immense succès, ainsi que les suivants *L'Éclat de Dieu* et *Délivrez-nous du mal*. Exploitant d'autres rivages romanesques, Romain Sardou a également publié trois contes d'inspiration dickensienne, ainsi qu'un thriller contemporain, *Personne n'y échappera*, et un roman philosophique, *Quitte Rome ou meurs*. Avec les deux premiersvolumes de sa nouvelle trilogie, *America, La treizième colonie* (2010) et *La main rouge* (2011), il nous plonge dans une vengeance qui oppose deux familles à travers toute l'histoire de l'Amérique. Tous ses romans sont parus chez XO.
Romain Sardou est marié et père de trois enfants.

Retrouvez l'actualité de Romain Sardou sur
www.romainsardou.com

QUITTE ROME
OU MEURS

DU MÊME AUTEUR
CHEZ POCKET

PARDONNEZ NOS OFFENSES
L'ÉCLAT DE DIEU
DÉLIVREZ-NOUS DU MAL

PERSONNE N'Y ÉCHAPPERA

QUITTE ROME OU MEURS

UNE SECONDE AVANT NOËL
SAUVER NOËL
L'ARCHE DE NOËL ET AUTRES CONTES

ROMAIN SARDOU

QUITTE ROME OU MEURS

XO ÉDITIONS

Le papier de cet ouvrage est composé de fibres naturelles, renouvelables, recyclables et fabriquées à partir de bois provenant de forêts plantées et cultivées durablement pour la fabrication du papier.

ISBN : 978-2-266-20423-1

Seneca Marco Suo Salutem[1]

1. « Sénèque donne son salut à son cher Marcus », formule inspirée de l'*incipit* de chacune des cent vingt-quatre lettres de Lucilius originales : *Seneca Lucilio Suo Salutem.*

Pour apprendre à lire, il faut d'abord lire très lentement et ensuite il faut lire très lentement et, toujours, jusqu'au dernier livre qui aura l'honneur d'être lu par vous, il faudra lire très lentement. Il faut lire aussi lentement un livre pour en jouir que pour s'instruire par lui ou le critiquer. Flaubert disait : « Ah ! ces hommes du XVII*e siècle ! Comme ils savaient le latin ! Comme ils lisaient lentement ! » Même sans dessein d'écrire soi-même, il faut lire avec lenteur, quoi que ce soit, en se demandant toujours si l'on a bien compris et si l'idée que vous venez de recevoir est bien celle de l'auteur et non la vôtre. « Est-ce bien cela ? » doit être la question continuelle que le lecteur se fait à lui-même.*

Émile Faguet
L'Art de lire, 1912.

Lieu tenu secret, 9 décembre 62[1]

C'est Caïus Publius Massimo qui m'a annoncé ma mort.

Je m'apprêtais à prendre la parole au Sénat, devant des gradins bondés. Mes partisans et moi avions veillé jusqu'au matin pour retoucher mon discours inaugural. Nous tenions à ce qu'il soit cinglant, insigne, d'une patte irréprochable ; il fallait exprimer, de façon impérative, l'impatience de la jeunesse actuelle. J'étais déterminé, moi, Marcus Scaurus, à rendre publique notre réprobation du cours imprimé à l'empire par Néron.

Tous, nous n'ambitionnons rien de moins que le rétablissement de la République, lavée des guerres civiles.

Mais d'une main, Caïus Publius Massimo m'a désigné trois hommes de la garde de l'empereur qui

1. Selon le calendrier romain, il s'agit de l'an 815 de la création de la Ville.

attendaient à la tribune pour m'assassiner ; de l'autre, il me montra une petite porte dérobée par laquelle fuir.

« Quitte Rome ou meurs. »

Périr, pourquoi pas ? Tout est affaire de manière.

Mourir en gravissant la tribune ? Je deviendrais une ixième victime du tyran, quantité négligeable, frappée avant d'avoir pu intervenir. Mourir au sortir du Sénat, après m'être fait, par le geste et la parole, le champion d'une noble cause ? J'entrais dans l'histoire, je remettais mon nom à la postérité, en queue de cortège, à l'ombre des deux Caton[1] !

Tu le sais bien, cher Sénèque, mourir et mourir sont possibles.

On peut lâcher pied sans perdre l'excellence.

J'ai fui.

Rome, 17 décembre 62

Mon cher Marcus,

Caïus Publius Massimo et moi, nous nous connaissons depuis mon séjour égyptien, longtemps avant ta naissance ; c'est un sage riche d'enseignements, un sénateur posé qui ne manque pas d'esprit et l'allié fidèle de ton clan. Il a soutenu autrefois le jeune homme maladif et privé d'ancêtres que j'étais ; je lui dois, autant qu'à ma tante, veuve de C. Galerius, mon entrée dans la magistrature. Il est heureux qu'il ait pu t'avertir à temps du péril

1. Pour les noms propres et les mots latins, se reporter aux fiches biographiques et définitions en fin d'ouvrage, p. 147.

que tu courais au Sénat ; tu as bien fait de suivre son conseil, même si l'orgueil devant la mort semble avoir davantage dicté ta conduite que la raison.

Qu'importe, en définitive, puisque Marcus est sauf.

Au demeurant, je ne pense pas que Néron eût eu le front de faire jaillir le sang entre les murs de la curie et d'exciter la colère des dieux. Ses hommes t'auraient écroué et mis en accusation. Les sénateurs, réunis en Haute Cour, se seraient empressés de t'exécuter afin de prévenir les désirs du Prince ; lequel, comme à son habitude, aurait clamé, indigné, que ta mort avait été si prompte qu'il n'avait pas eu le temps de te gracier. Ce règne, en plus de nous avoir accablés du renouveau des Jeux à la mode grecque, des thermes, des concours musicaux et hippiques, nous gratifie d'une innovation de son cru : le meurtre judiciaire.

À Rome, les choses s'enveniment. Néron a fait arrêter les hommes de ta famille, des copies de ton discours incendiaire circulent sous le manteau. Tes amis sont dénués de prudence : en agitant le spectre d'un soulèvement de la jeunesse, qui célèbre en toi son héros, ils te ferment toute possibilité de retour en ville.

Tu devrais te faire oublier et eux scandent ton nom de toute part !

Le courage est presque toujours une maladresse lorsque, aveugle, il ne peut plus faire naître de bien.

Entretiens-moi des conditions de ton exil, je saurai en informer ta mère. Le crédit de Sénèque n'est plus aussi haut en cour que par le passé, mais, gage de sérénité, personne n'a idée que nous nous connaissons.

La garde prétorienne de Néron ne s'en prendra pas à moi pour te dénicher.

Un conseil : où que tu sois, ne te fais reconnaître de personne. Une prime importante a été offerte pour ta capture.

Je veux croire que l'éloignement et la solitude te seront profitables. Quel homme me citeras-tu qui, jeune et en pleine ascension politique, a su, de lui-même, prendre le recul nécessaire à la sécurité de son âme ? Souvent, hors un coup d'arrêt brutal du sort, impossible de juger sereinement de soi.

En prenant le large, tu gagnes des chances de te retrouver. Les vents favorables ne sont que pour ceux qui savent où ils vont. En vue de quel port vogues-tu, cher Marcus ?

Si je puis t'assister de mes conseils, je n'y manquerai jamais.

Porte-toi bien.

Lieu tenu secret, 29 janvier 63

Hors de Rome, mon cher Sénèque, je n'ai eu nulle part où me rendre.

La propriété d'été de mon père s'est trouvée cernée de gardes impériaux. Il en est allé de même lorsque j'ai espéré me réfugier dans la résidence de campagne de mon oncle.

Le signalement de Marcus Scaurus est donné partout. L'empereur semble résolu à faire de mon châtiment un exemple.

Voilà aujourd'hui un mois que je réside dans un minuscule hameau accroché à flanc de montagne, peuplé de bergers et situé à plusieurs jours de marche au nord de Padoue.

Le contraste avec Rome est accablant. Ici, tout manque, hormis le soleil, la poussière et la rocaille ardente en été. On se nourrit de lait de chèvre, de fromage et de fruits secs. Misère de ma vie, soupire quelque chose en moi. Le feuillet dont j'use pour t'écrire, cela fait des jours que je le réclame. Un pastoureau m'avait promis de s'en procurer dans un endroit de sa connaissance. Il a tenu parole, mais sans se presser.

Les habitants donnent l'impression d'être indifférents à tout, d'une solide simplicité, ni bons ni mauvais, adonnés à la superstition des anciens dieux ; ils s'entretiennent peu, leur terre découverte et leurs troupeaux les occupent seuls ; une tâche pousse l'autre, mollement ; dans la région, un orage, c'est un coup d'État ; je ne les ai intéressés qu'aux premiers temps de ma venue, depuis lors, à condition de m'acquitter scrupuleusement du loyer de mon hébergement, je suis devenu un hôte qu'on ne remarque plus.

Se cacher sur un mont pelé est moins difficile que je ne l'envisageais, mais quel dégoût, quel ennui !…

Je ne fais rien que dormir. Et quand je ne dors pas, je languis. J'erre autour de la cahute de pierres sèches où l'on me reçoit. La nuit, je m'éveille d'un bond, frappé par l'idée d'avoir été trahi. Car c'est indiscutable : l'un de mes compagnons a dérogé et divulgué la date et la teneur de mon discours. Le hasard n'aura pas poussé Néron à décider de ma mort précisément pour ce matin-là au Sénat. Par Hercule, tant d'efforts fournis en pure perte à cause d'un couard devant l'ennemi !… Ma colère s'exprime ensuite, naturellement, contre Néron. Depuis le décès de Burrus et ton retrait de la vie politique, sa nature dégénérée enfle et ne restera plus longtemps ignorée. C'est un fou ! L'oncle lunaire Caligula sera vaincu par le soleil néronien : le Tibre va charrier davantage de larmes et de sang qu'il n'en saurait contenir. Las, pendant que Rome court à sa perte, je me morfonds hors de portée du tyran, sans pouvoir agir ni faire entendre ma voix.

Mon cœur me dit que je suis un homme fini, un fugitif sans renom, privé d'eau et de feu ; à vingt-cinq ans, déchu de mes droits civils, mon entrée dans la carrière n'est plus qu'un souvenir. Si j'avais le caractère moral des anciens Lacédémoniens (malgré les réserves de Platon et de Cicéron qui jugent le suicide déraisonnable et prétentieux), j'aurais déjà rendu l'âme. Au-dessus du hameau, un joyeux cours d'eau fraîche, très peu profond, semé de gros galets blancs, irrigue ce misérable coin de désert. Parfois l'envie d'en finir est si forte que je veux m'étendre dans son lit et m'ouvrir les veines. Je rêve alors d'une eau vive devenue rose, enveloppante, et du passage dans l'autre vie. Tu souris ? La verve du mauvais rimeur a toujours fait partie de mes faiblesses.

Ne suis-je pas un rejeton gâté de la Rome actuelle ? Aux calendes et aux ides, courir le Sénat, brasser des complots aux thermes ou au théâtre, paraître à l'arène et au Forum, gouverner sa domesticité d'esclaves et d'affranchis, complaire à ses amis, alimenter sa clientèle, être fidèle à ses idéaux mais impie aux dieux, jurer de devenir sobre et aller dîner chez Pétrone ou Vitellius, s'environner de sages mais aussi de canailles, serrer de près une fille honnête puis gâcher sa nuit, jusqu'au milieu de son cours, avec une putain ou l'épouse d'un général en campagne sous Corbulon. Rien n'a jamais de prise sur une telle existence ! Un sentiment domine au sein de la volière : celui d'être infiniment vivant.

Là où se terre Marcus, l'univers se ligue pour dessécher le cœur et l'esprit.

Après deux journées d'une immense lassitude, je reprends la rédaction de cette lettre. Je m'interdis de perdre la moindre parcelle vierge offerte à ma plume. Chaque pouce du feuillet te sera consacré, cher maître. Tu vois, j'apprends l'économie. En réalité, ici, je n'ai personne avec qui parler, et la voix intérieure me lasse à force de lamentations.

Tu m'écris que mon père et mon frère sont arrêtés. Père s'est toujours notoirement exaspéré de mes opinions républicaines. Bien qu'appartenant à une race nobiliaire – et bien que toutes ses semblables restent attachées aux avantages que leur procurait la République –, il a le premier rallié le camp des monarchistes césariens. Cette infamie devrait suffire pour l'épargner, ainsi que mon cadet. Momentanément.

Tu demandes en vue de quel port suis-je embarqué, Sénèque ? Jamais je n'ai été si peu capable de répondre à cette question. Je désespère, je me déteste, je hais ce qui m'entoure, mes ambitions sont mortes.

Hier, l'esprit tout aussi incertain, je n'espérais plus rien de l'existence.

Aujourd'hui : divine surprise ! Alors que je faisais prendre l'air à mes mauvaises pensées, au bord de la rivière, quelques villageois vinrent laver leurs outils.

L'une des femmes, porteuse de corbillon, d'une jeunesse, d'une grâce et d'une beauté qui n'ont, d'après moi, rien à faire dans un coin aussi hostile aux plaisirs que celui où nous vivons, a puisé de l'eau. Quand elle s'est penchée, sa gorge et ses seins se sont découverts. J'étais dissimulé à trente pas ; cher maître, mon bas-ventre a fourmillé de picotements familiers et j'ai dû ravaler un cri d'enthousiasme. Depuis lors, je ne suis plus le même homme.

Par les douze grands dieux, il ne faut donc pas désespérer de la vie à la campagne !

À Rome, 11 février 63

Cher Marcus,

Aux nones de février dernier[1], un jeune Romain du nom de Mamercus Vallus a été arrêté par la garde prétorienne dans un bordel du quartier des bains publics où, dit-on, tu avais tes habitudes. L'infortuné présentait quelque ressemblance avec toi ; il était ivre, lorsqu'il lui fut demandé : « Es-tu Marcus Scaurus ? » Il aurait braillé que oui !

La nouvelle de ton arrestation a fait le tour de Rome. Des échauffourées ont éclaté sur le Transtiberim.

Te croyant à sa merci, Néron a requis un jugement exprès de tes pairs au Sénat afin que tu sois livré à la fosse aux lions. Lorsque la méprise des gardes a été

1. Le 5 février.

révélée, ces derniers et le jeune innocent sont allés repaître la bête fauve qui t'était destinée.

Tranquillise-toi sur le compte de ton père et de ton frère, il en a été comme tu le prévoyais : blanchis et libérés.

Peut-être ai-je condamné trop hâtivement la conduite de tes amis. Sous leur impulsion, les rumeurs les plus folles circulent à ton sujet dans la Ville. Rome tout entière voit Marcus Scaurus partout. Un père déclare que tu es coupable du viol de sa fille. Un prêtre d'Apollon jure que tu as profané son sanctuaire. Hier, les superstitieux t'accusaient d'être responsable, par ta conduite odieuse aux dieux, d'un orage qui aurait ravagé leurs vignes de Campanie. Pour certains, c'est toi qui aurais noyé Agrippine ; pour d'autres, tu aurais été l'amoureux secret de Britannicus, aujourd'hui obstiné à l'idée de te venger de Néron qui l'a fait empoisonner. On oublie qu'à la disparition de Britannicus, tu n'avais pas douze ans ! Cette multitude de fadaises tourne à ton avantage auprès des gens pondérés. On se rappelle que tu es issu de la *gens* des Valerii Publicolae, lignée de la vieille espèce qui a peu démérité en six siècles. On débat pour savoir si tu es l'auteur véritable du discours incriminant Néron. Je m'inquiétais du tapage orchestré par tes partisans, or, compte fait, il recèle du bon. Une fois n'est pas coutume – mes maîtres de l'ancien Portique me passeront cet écart –, l'excès était préférable.

Il ne faut pas attendre de clémence de la part de Néron, l'homme ignore la générosité et il n'est pas assez fin politique pour savoir, comme Auguste, user d'indulgence afin de gagner l'affection des peuples. Mais les enfants gâtés sont ainsi faits : rien ne nous défend d'espérer. Esclave de ses passions, il est aussi moutonnier que la multitude. Une saute d'humeur suffirait pour te sauver. Convaincu par l'avis populaire que ton nom est diffamé, il pourrait t'attitrer à sa cour et voir en toi un nouveau confident !

Dirai-je un jour ce qu'il m'a fait endurer alors que, lui trop jeune pour régner, je participais à la régence de son empire, aux côtés de Burrus ?

Je suis allé visiter ta mère, la douce et toujours merveilleuse Calvina. Seul à seule. Elle sait à présent que tu es sauf et hors de danger. Après avoir versé bien des larmes, elle m'a fait promettre d'être pour toi un bon directeur de conscience. J'ai juré de tenir ce rôle de maître de mon mieux. Je ne sache pas de devoir plus cher que celui d'inculquer la sagesse à un jeune ami. Il dépend de Marcus, désormais, de m'aider à ne pas décevoir Calvina.

J'ai pris mes précautions pour qu'une somme d'argent soit mise à ta disposition à Padoue. Un certain Paulus qui partage avec moi des intérêts dans l'île de Bretagne est averti qu'un « Félix » pourrait se présenter devant lui et user de mon crédit comme il l'entend.

Je me surprends à espérer tes lettres avec impatience. Aux différentes heures du jour, je m'interroge : que fait-il ? De quelle humeur est-il ? À quoi songe-t-il ? Endurera-t-il son affliction avec la trempe nécessaire ?

Ne doute pas que la promesse faite à ta mère est aussi un exercice de censeur que je m'adresse. En enseignant, l'homme apprend. Je ne suis nullement républicain, tu le sais, et pourtant bien des choses m'attachent à ton combat.

La nostalgie d'un homme âgé, sans doute. Tu as vingt-cinq ans, j'en compte soixante. Tu es loin. Ma jeunesse aussi.

Porte-toi bien.

Lieu tenu secret, 24 février 63

Cher Sénèque,

Te douteras-tu que la fille aux seins divins a servi à me donner une bonne leçon ?

Je n'ai pas tardé à me faire connaître de la belle. Bien que jeune encore, elle avait perdu sa naïveté et saisissait parfaitement mes intentions. Je cherchais sans cesse à croiser son chemin. D'ordinaire, les Romaines affectent le détachement avant de céder à des avances flatteuses, c'est même leur exercice favori ; pas elle. Elle me tenait à distance avec un tact infini, inattendu pour une paysanne ; impossible de lire la moindre équivoque dans son attitude. Ses sourires bénins me rendaient fou. Elle répondait à ma ténacité avec une candeur qui ne laissait rien espérer.

Alors un rude garçon est venu me trouver : l'amoureux déclaré de la fille. Usant de mots simples et d'images ingénues, il m'a fait valoir les liens qui les unissent tous deux depuis l'enfance, exposé leur mariage prévu pour l'an prochain, sitôt que le soupirant pourra répondre aux exigences du père de la beauté. À Rome, le même individu me pourchasserait pour m'ouvrir la gorge ; lui, parlait de sentiments purs et de bonne conduite. Il m'a quitté après m'avoir offert une quantité considérable de fruits frais.

La façon de s'emporter devant autant de naturel ?

Le jour d'après, je suis allé présenter mes excuses à la belle réticente qui porte le nom grec d'Areté.

Nous nous sommes retrouvés avec l'amoureux. Il m'a emmené en haut de la montagne ; je l'ai aidé à rebâtir un abri de rocailles abattu par la foudre. De retour au hameau, après une nuit passée sous le clair de lune, je me sentais léger et heureux. Une bonne part de ma rancœur s'était dissipée dans l'effort.

J'ai fait le voyage à Padoue pour rencontrer ton ami et lui emprunter deux aurei, quarante sesterces et cent as que je saurai te repayer le jour venu. Après sept semaines d'isolement, la ville m'a désagréablement surpris. J'ai entendu vanter Néron ; il circule dans cette province des pièces de monnaie frappées cinq ans auparavant et où se lit le profil délicat et encore adolescent de l'empereur. Si ce dernier visitait aujourd'hui ses contrées du Nord, affligé qu'il est de son double menton, de ses traits pleins et de ses yeux bouffis, son peuple refuserait de le reconnaître ! Dire que nous avons le même âge. Souriras-tu si je t'écris que je n'étais pas mécontent de remonter sur mon âne pour rejoindre les sommets ?

L'ancien Marcus Scaurus n'est plus : je me fais désormais une religion de cesser d'errer en proie au ressentiment ! Les risques d'être rattrapé dans ce hameau par la vindicte du despote de Rome sont minces ; la prudence m'incite à demeurer chez mes rustres au moins jusqu'à la fin du prochain hiver. Autant se faire au plus tôt à cette vie de réprouvé. Hormis toi, cher Sénèque, je n'ai personne vers qui me tourner, ma famille est mise sous surveillance, mes plus proches partisans me sont devenus suspects de trahison.

Sache que j'écris sur mon traître et mon assassin sans plus ressentir de colère. Le grand air serait-il un plus puissant maître qu'il n'y paraît ?

Rome, 5 mars 63

Cher Marcus,

Voilà deux ans que j'ai demandé à Néron d'être relevé de mes obligations de conseiller de l'empire et de mon titre d'*Ami du Prince*, depuis lors je pousse la discrétion jusqu'au scrupule et répugne à me montrer en public ou à intervenir au Forum. Néanmoins, j'ai perturbé ma retraite en participant, il y a peu, au banquet du consul Gaïus Pison où étaient attendus, parmi une centaine d'autres convives, l'admirable Thrasea, Pétrone, ce railleur qui ne m'aime guère, et mon jeune neveu Lucain. Tu sauras que le vain esprit de rivalité de notre empereur a fait chasser le remarquable poète Lucain de sa cour et lui interdit désormais de réciter devant un auditoire les vers de son excellente *Guerre civile*. Œuvre qui, entre toutes, depuis Virgile, ravit l'esprit. Lucain est très affecté par cette disgrâce et je regarde toute occasion de pouvoir lui parler et le réconforter comme bonne à prendre.

Un invité auquel nul ne s'attendait a fait son apparition chez Pison : ton père, clochant sur un pied comme le veut son nom[1], flanqué d'une poignée de sa clientèle.

Comme tant, tu aurais pu juger qu'il était d'une humeur massacrante. En premier lieu, il a réclamé qu'on ne parle sous aucun prétexte de ta personne en sa présence, mais, avant longtemps, il s'est lui-même mis à laïusser sur tes mésaventures, tirade après tirade, d'un ton rageur, avivé par l'absorption trop soudaine de vins de Cos et de Rhodes.

Rome ne connaît pas d'homme plus rétif à ton républicanisme que ton propre père. Ne cherche pas le traître parmi tes fidèles compagnons, si faute il y eut, elle t'appartient tout entière : tu as commis l'imprudence de tenir votre dernière assemblée sous le toit familial. Ton père s'est loué d'être rentré ce soir-là après une orgie célébrée chez Tigellin, alors que la nuit était très avancée, et d'avoir aperçu de la lumière dans tes appartements. Suspectant une intrigue, il a fait capturer l'un de tes amis dès sa sortie au petit matin. Il a ensuite pris plaisir à l'interroger sous la contrainte avant d'aller déférer en haut lieu.

Sa violence à ton encontre suit sa servilité devant les puissants et sa crainte de susciter le déplaisir de Néron. Sous nos yeux ébahis, il a avoué que son arrestation après ta fuite du Sénat était son idée pour attendrir tes disciples et entrer en contact avec eux, s'assignant pour but de te trahir une nouvelle fois.

Son aplomb et ses propos pronéroniens, sortis de la bouche d'un membre d'une vieille famille aristocratique, étaient offensants. D'autant que notre hôte

1. *Scaurus* veut dire : « qui a un pied bot ».

Pison et ses amis ne comptent pas parmi les chauds partisans de l'empereur. Mais ton père refusait d'en démordre. À Jupiter Capitolin, il a promis le sacrifice de vingt génisses pour le jour de ton arrestation. Mon fidèle ami Thrasea, ton modèle d'homme, je crois, parmi les résistants au tyran, s'est mis en devoir de le faire taire. Notre intrus a alors explosé et proclamé que tous les soutiens timides du régime finiraient mal, à commencer par la jeunesse républicaine.

Je suis l'aîné de ton père de dix années, maintes raisons font que nous ne nous sommes jamais entendus ; cependant il fut un temps, alors que je portais pour la première fois le titre de questeur, dans ma trentaine, où ton père comptait parmi les jeunes opposants clandestins à l'empereur Claude. Un jour que je l'avertissais des risques inconsidérés qu'il prenait à expédier en Dalmatie des tracts favorables au coup d'État de Cecina Petus, il me répliqua qu'une jeunesse apathique serait la fin de Rome, que son allégresse à se rebeller était un signe de bonne santé, et que j'étais déjà un « fossile » pour n'être pas capable de le comprendre. J'ai pris la parole chez Pison, après Thrasea, et lui ai répété ses paroles du passé, lui retournant le compliment et prenant indirectement ta défense. Étouffé d'indignation, le fossile qu'il a compris être devenu a enfin quitté la résidence du consul, brandissant de nouvelles menaces. Il semble que ma réponse ait produit du scandale. Le franc-parler de Thrasea a parfaitement résumé nos impressions : « Ce Scaurus est une clique de fous furieux à lui tout seul. »

Tu es bien isolé dans l'adversité, mon cher Marcus.

« Je désespère, je me déteste, je hais ce qui m'entoure, mes ambitions sont mortes », écris-tu. Ta détresse, garçon, ravit un sourire irrésistible au vétéran que je suis. Il faut avoir ton âge tendre pour croire avec autant de naïveté à ces élans du cœur. Du reste, ta lettre me dit que tu n'as pas mis longtemps pour te rétablir. Le pourtour d'un sein opère des miracles dont on a trop peu idée (sur les jeunes gens, mais aussi sur les malheureux qui approchent de la vieillesse, pourquoi nous exclurais-je, mes souvenirs radieux et moi ?).

Cependant, raisonnons ; un peu de sérieux n'entamera point la rondeur de cette lettre. Convaincs-toi que l'ensemble des affections que tu éprouves présentement, le chagrin et le réconfort, le désespoir et le regain de vitalité, te provient, à tous coups, de l'extérieur. Songes-y seulement. Tu sers de quintaine aux tracas et aux doutes, aux *fortuits*. Puisque tu as su mettre ton corps à l'abri des représailles immédiates de Néron, sauras-tu affermir ton esprit et le tremper contre les attaques du dehors, quelle que soit leur nature ? Sauras-tu construire, en ton for, cette « forteresse inexpugnable » qui, seule, garantit le bonheur d'un homme ? Pour l'heure, tel que je te ressens, Marcus, ton tempérament est formé, mais non ton caractère. Ton âme succombe sous le faix, rien ne sait mettre de borne à ses emballements. Tu conçois la Nature providentielle mais ne vis pas selon ses règles. L'homme de guerre, en dépit de sa cuirasse, si sa conscience est désarmée, reste aussi vulnérable qu'un enfant. Il y a loin de l'intelligence innée à la sagesse aguerrie. Nous aurons l'occasion d'en reparler.

Porte-toi bien.

Lieu tenu secret, 16 mars 63

Cher Sénèque,

Depuis le sortir de l'enfance, mon père constitue une énigme pour moi. Autant mon frère cadet, plutôt austère, jouit de son affection, autant Marcus, plutôt dissipé, a toujours représenté à ses yeux, sans en reconnaître la raison, une menace, une sorte de rival, un gêneur infligé par la nature. Le temps passe et je deviens, à son encontre, un des êtres les plus inquiétants au monde. Est-ce l'âge déclinant qui nourrit son ressentiment ? Ai-je trop tôt conquis la gloire à son goût ? Craint-il que son nom ne s'efface au bénéfice du mien ?

Aussi loin que remonte ma mémoire, mon père a toujours mis en doute mes capacités. Assez, en tout cas, me semble-t-il, pour que la confiance ne puisse régner entre nous. En définitive, jamais je n'ai vécu pour mon père, jamais il n'a vécu pour moi, jamais je n'ai fourni d'efforts pour me rapprocher de lui, jamais il ne s'est intéressé à moi autrement que pour me morigéner, ulcéré par ma disposition à rire des objets les plus sérieux. L'agacement, l'amertume enfin, sont nos deux seuls traits de ressemblance. De là à trompeter la culpabilité de son fils, à condamner son propre sang à la loi de majesté de Néron et à s'en vanter pathétiquement chez Pison ! Cette haine recuite, attisée par la basse complaisance d'un courtisan qui halète devant les gratifications du prince (pas un de ses cheveux n'est sans hypothèque), fait, une fois encore, reculer les limites de l'indignité.

J'entends venir ta réponse, Sénèque : une telle attitude surprend-elle lorsque les puissants eux-mêmes suppriment leurs proches ? Tibère assassinant Agrippa Postumus, Caligula ouvrant son règne sur l'exécution de Tiberius Gemellus, Agrippine faisant périr Passiénus puis Claude, comme moururent Britannicus et Agrippine par Néron, autant de noms gravés pour l'histoire qui dépriment celui de Rome ! Notre Sénat ne vaut guère mieux, aujourd'hui, que la piste d'un cirque : sitôt que j'aperçois l'empereur, assis entre nos deux consuls éponymes, Regulus et Rufus, faire mine de régler sa politique sur les recommandations des sénateurs, cette mascarade du partage des pouvoirs me soulève le cœur. Il y aurait tant à faire savoir ! J'ai regretté, le matin de mon discours, que Néron se soit fait excuser à la curie. Le voir blêmir eût été une satisfaction de cynique.

Cher Sénèque, ta dernière lettre m'est parvenue quelques jours après un important changement dans ma vie d'exilé solitaire. Un homme s'est présenté au hameau. Tout indiquait qu'il était de la ville. Le personnage est venu à moi en compagnie du pastoureau qui m'a fourni les feuillets vierges pour notre correspondance. Il m'avait dit connaître un lieu de la région où trouver du nécessaire d'écriture ; c'était dans la propriété de ce monsieur qui répond au simple nom de Tiburce.

L'homme, originaire d'Aquilée, est déjà bien entré dans sa soixantième année, petit, sec, le front dégarni, la peau du visage marquée de meurtrissures comme un fruit talé, vêtu sans façon mais avec une ceinture et des sandales de prix, affreusement myope.

Il m'a dit avoir été très intrigué à l'idée de rencontrer la personne qui, au sein de ces monts stériles, « se piquait de l'envie d'écrire ».

– Voilà vingt-deux ans que je suis le seul homme modérément lettré de tout ce pays de sauvages. Pour moi, un homme instruit de passage, c'est une grâce des dieux !

Tiburce réside dans une maison plantée au fond d'un vallon mort, à une grosse demi-journée de mulet de mon hameau. Elle est si bien dissimulée parmi les roches et les rangées d'arbustes qu'il m'aurait été impossible de la repérer.

Tiburce y vit seul, à l'écart des autres : « *Je suis, aujourd'hui, occupé par l'unique nécessaire.* »

Cet original n'est pas un ascète, sa cure de solitude est très confortable. Il n'est pas non plus un misanthrope, preuve en est l'amabilité avec laquelle il m'accueille et la joie qu'il éprouve à s'entretenir avec un inconnu qui sache lire.

Il possède une intéressante bibliothèque. J'y ai recherché tes œuvres et découvert trois de tes tragédies (*Médée*, *Œdipe* et *Phèdre*), ainsi qu'une copie du discours que tu commis à la place de Néron pour la mort de Claude.

Mystérieux personnage que ce Tiburce, sans doute pétri de secrets. Un peu comme moi, n'est-ce pas ? dès lors que je mens à toutes ses questions un peu trop intimes.

J'ai déserté la cahute du hameau et demeure pour le moment son invité. La fréquentation d'un solitaire m'inspire : j'apprends à composer avec mon ennui. Ici, il ne me reste qu'à embrasser chaque heure qui se présente, soit en méditant après avoir lu, soit en conférant avec Tiburce, soit en m'activant en compagnie des bergers.

Je lui ai demandé ce qu'il entendait par « unique nécessaire », Tiburce m'a répondu : « *Ce qui correspond aux questions les plus essentielles d'un être.* » Vaste entreprise : à combien se montent-elles, ces questions ?

Lorsque je regarde en arrière, je constate avec amertume que j'ai été le jouet de mes ambitions politiques et, plutôt, l'homme de paille de la faction des agitateurs républicains. Dans ce dédale que forme la Rome de nos désillusions, qui sert qui ? On devient l'ombre de l'homme qui marche devant soi et que l'on suit parce que ce patron a crié le plus fort ses opinions. Il est temps que je reprenne possession de moi-même.

Avant qu'il opte pour la retraite solitaire, un néopythagoricien a assené à Tiburce une phrase apprise par cœur, débitée sur le ton du disciple borné mais qui allait peser sur la suite de son existence : « *On atteint à l'universel en restant chez soi.* »

Élirai-je domicile dans ce vallon sans eau, petite dépression entre deux collines, où se mirer dans le cosmos ?

À Rome, 1er avril 63

Fais-le, mon cher Marcus : reprends possession de toi-même, et, le temps que jusqu'alors on t'enlevait, on te soutirait, ou que tu laissais perdre, recueille et ménage-le. Persuade-toi qu'il en va comme je te l'écris : il est des heures qui nous sont retirées par force, d'autres dérobées par surprise, d'autres qui nous fuient. Cependant la perte de temps la plus honteuse est celle commise par négligence. Prends-y garde : une partie de la vie s'écoule à mal faire, la plus grande à ne rien faire, la vie tout entière à faire autre chose que ce qu'il conviendrait.

Qui sait fixer son prix au temps ? Peser la valeur d'un jour ? Comprendre qu'il meurt chaque jour ? C'est là notre erreur de ne voir la mort que devant soi : pour une bonne part elle a déjà fait son œuvre ; tout le passé qui gît derrière nous, la mort le tient. Persiste donc, mon cher Marcus, à faire ce que tu écris, embrasse toutes les heures, veille sur ton présent pour moins dépendre du jour qui suit. Tandis qu'on l'ajourne, la vie nous dépasse.

Ici-bas, Marcus, toute chose est empruntée, le temps seul nous appartient ; c'est l'unique bien, fugace et glissant, dont la nature nous a dotés : pour autant on se le laisse ravir par n'importe qui ! Telle est la folie des hommes : ils se sentent redevables d'un objet qu'on leur a offert, y compris vil et petit, mais le temps accordé, ils le gaspillent sans compter ; or, qui, même avec la meilleure volonté, pourra le rendre ou le remplacer ?

Peut-être demanderas-tu ce que je fais, moi qui t'adresse ces beaux préceptes ? Je l'avouerai franchement : dans le cas d'un homme qui vit dans l'opulence tout en étant scrupuleux, je règle le compte de ma dépense du temps. Je ne puis me flatter de ne rien perdre, mais ce que je perds, et pourquoi et comment, je le dirai ; je fournirai les raisons de ma pauvreté.

Je n'estime pas pauvre l'homme qui, si peu qu'il lui demeure, en est content ; toi, pourtant, je préfère que tu surveilles tes biens et le moment est bon pour s'y mettre. Car, comme l'ont jugé nos ancêtres, il est « trop tard pour épargner quand la bouteille est presque vide » ; en effet, non seulement la part qui subsiste à la fin est la plus petite, mais c'est aussi la plus mauvaise.

Porte-toi bien.

Lieu tenu secret, 9 avril 63

Cher Sénèque,

Les manuscrits de la bibliothèque de Tiburce ne me quittent plus. Certains pourraient exciter l'appétit de loup des libraires de la rue de l'Argilète, dont une *Histoire de Rome* rédigée en grec par Fabius Pictor, entière et dans laquelle ne s'est pas glissé un seul défaut de plume.

Je suis posément de plus en plus heureux. Après mon départ de Rome, riche en péripéties (souris, maître : je me suis dissimulé une nuit dans le quartier populeux et mal famé de Suburre, hébergé par une vieille affranchie crétoise sourde et muette qui m'a vu naître, avant de quitter la Ville renfermé dans un convoi d'ordures), lancé sur les routes, je n'ai pas connu le même lieu d'asile plus de deux nuits d'affilée, redoutant d'être rattrapé par les gardes du prétoire lancés à mes trousses ; mais aussi – et cette raison, plus souterraine, me frappe aujourd'hui –, il me semblait alors que courir ferait disparaître mes sombres états d'âme, qu'un endroit neuf m'animerait d'une humeur neuve. Simplification naïve. À Rome, ce vice rongeait déjà Marcus : impossible de tenir en place, j'entamais un dîner chez l'un, le poursuivais chez un autre, pensais en avoir fini en regagnant mon logis, puis reprenais la tournée du noctambule grâce à l'orgie d'un troisième larron.

Au hameau, cette agitation naturelle s'est exprimée par de longues promenades stériles.

Aujourd'hui que je suis l'hôte de Tiburce, la sérénité de ces lieux me gagne. Si je déambule, ce n'est que de ma chambre à coucher à la bibliothèque, de la bibliothèque à un patio fleuri, pour lire le soir, sans ressentir le besoin de m'évader. Les armoires de Tiburce sont une puissante attraction. L'homme est versé dans les lectures classiques et je tombe à nouveau sur des ouvrages survolés pendant l'enfance, âge où, petit fat qui ne rêvait que de gloire militaire, je faisais grand cas de rester sourd aux recommandations de mon précepteur grec. Aujourd'hui, mon ignorance des textes impérissables et des grands hommes qui les ont composés, la crainte d'être impuissant à prendre possession de tout ce vaste univers qui se découvre, me désolent. Je voudrais tout saisir et ne rien oublier, combler le temps perdu, arracher la pénétration nécessaire pour comprendre et la subtilité indispensable à l'interprétation. Certain jour, j'entame un livre de Cicéron, et sans attendre de l'avoir exploré à moitié je me rue dans Ovide ou dans Lucrèce. Tantôt je veux ouvrir ce livre, tantôt cet autre. Je n'ordonne rien, j'engloutis, je vole au premier sujet, jamais rassasié.

Cet appétit me dévorait autrefois en présence de bons vins miellés, de prostituées fraîches débarquées d'Égypte ou de mets épicés importés d'Orient. Mon estomac, mes génitoires et ma cervelle s'en portent nettement mieux ces temps-ci, merci.

À Rome, 17 avril 63

Cher Marcus,

Ce que tu m'écris me paraît très prometteur : tu ne cours pas le monde ni ne troubles ton repos à force d'allées et venues. Une trop grande instabilité trahit une âme malade. Le premier signe d'une intelligence réglée, selon moi, c'est de pouvoir se fixer et s'attarder avec soi.

Or, prends garde que la lecture d'une foule d'auteurs et d'ouvrages en tout genre ne suscite chez toi la même ambulation et errance. Arrête un choix d'écrivains et pénètre-toi lentement de leurs œuvres, si tu vises à en tirer quelque chose qui te demeure durablement dans l'âme. Il est nulle part, celui qui est partout. À consumer sa vie en voyages, voici ce qui arrive : on s'est fait beaucoup d'hôtes, mais aucun ami. Le même sort attend ceux qui négligent de s'attacher en profondeur à un écrivain de génie.

Abondance de livres disperse ; voilà pourquoi, comme tu ne peux en lire autant que tu pourrais en avoir, contente-toi d'en avoir autant que tu peux en lire.

« Mais, dis-tu, tantôt je veux ouvrir ce livre, tantôt cet autre. » Goûter à beaucoup de plats convient à l'estomac affadi ; lorsque ce sont des mets divers et qui se marient mal, ils empoissent et ne nourrissent pas. Lis donc toujours les auteurs les plus estimés, et si l'envie t'a pris de t'en détourner pour d'autres, reviens vite aux premiers. Chez eux, fais provision chaque jour d'un conseil contre la pauvreté, contre la mort, ou contre tous nos autres fléaux ; et quand tu auras parcouru bien des pages, extrais une seule pensée à bien digérer ce jour-là.

C'est ainsi que j'en use : entre maints textes lus, je m'empare d'une citation. Voici ma prise du jour, pêchée chez Épicure : « C'est une chose honorable qu'une pauvreté joyeuse. »

En vérité, la pauvreté est abolie si elle est joyeuse. Est pauvre non pas celui qui a peu mais celui qui désire beaucoup. Qu'importe, en réalité, combien d'or gît dans ses coffres, combien de blé il a engrangé, de quelle taille sont ses troupeaux, à quel taux il place son argent, s'il lorgne vers le bien d'autrui, s'il calcule non ce qu'il a acquis mais ce qu'il voudrait acquérir ? Tu veux savoir quelle est la saine mesure de la richesse ? D'abord, posséder ce qui est nécessaire ; ensuite, ce qui est suffisant.

Porte-toi bien.

Lieu tenu secret, 2 mai 63

Cher maître,

Tes prescriptions sont respectées à la lettre : je m'efforce d'infléchir le cours de mes lectures vers les grands textes du passé et, comme toi, je fais la chasse à la moindre maxime qui séduit ou frappe mes pensées.

Combien de fois m'est-il arrivé dans le passé de voir naître en moi une idée neuve sans parvenir à la fixer avec des mots appropriés ; aujourd'hui, parcourant les lettres de Cicéron à Atticus, je m'écrie : « J'ai déjà pensé cela, moi ! » Oui, sans cependant être doué pour l'exprimer d'une manière aussi claire et pleine de jugement. On ne dispense pas en vain des cours d'éloquence : la pensée juste peut surprendre n'importe qui, même un idiot, la parole juste, c'est un art.

Ces derniers temps, Tiburce fait preuve d'une humeur moins accommodante : un pli le convoque à Rome au sujet d'une affaire de famille. Et moi d'apprendre que mon solitaire est le père de quatre adultes, tous solides à des postes influents, qu'ils se disputent l'héritage de leur mère défunte et qu'un haut magistrat réclame l'arbitrage du père dans cette ténébreuse affaire d'intérêts (le tuteur de l'épouse, garant officiel de ses droits, aurait rendu les armes). D'ordinaire, Tiburce se rend à Rome tous les trois ou quatre ans. Cette sommation subite lui pèse considérablement.

Puisqu'il se rapproche de toi, j'ai fait une entorse à notre protocole secret de correspondance et lui ai remis mes lettres les plus récentes. Ton nom n'apparaît nulle part, toutefois s'il s'avérait que vous tombassiez l'un sur l'autre et qu'il reconnût ton visage, quand bien même Tiburce est un bon ami, dis-lui-en le moins possible à mon sujet. Je suis moi-même extrêmement précautionneux et avare de confidences.

Tiburce m'apprend que Néron se serait emporté contre les rédacteurs des manuels scolaires au motif qu'ils omettent de l'inscrire dans la liste des héros du passé enseignés aux petits enfants. À vingt-cinq ans, que croit-il avoir accompli, hormis des atrocités ? Il vit désormais dans des rêves de gloire solaire ; il lui suffit de dire « L'Arménie peut être envahie » pour considérer que l'exploit est derrière lui et demander à être fêté en conquérant. Dire que c'est le même homme qui, lorsqu'il était adolescent, a donné tant de gages satisfaisants et promis tant de vertus à l'empire ! Pouvait-il en être autrement, dès lors que son éducation était confiée à Sénèque, le plus grand écrivain de son temps, un philosophe de renom, un homme d'État avisé ? L'univers en était convaincu : Néron, éduqué sainement par le meilleur des Romains, allait enfin rompre ce cycle infernal de mauvais monarques qui entache la famille régnante depuis Tibère et Caligula. Enfin un jeune prince qui montrait les meilleures dispositions. Tout le monde a eu foi en lui, et les cinq premières années de son règne, alors qu'il laissait à Sénèque et Burrus les rênes de l'empire, sont aujourd'hui encore appelées le *beau quinquennat*. Comment les historiens jugeront-ils semblable revirement de personnalité, alors que nous-mêmes, ses contemporains, sommes incapables de nous l'expliquer ? Néron avait tout pour devenir le souverain idéal : l'empire était en paix, il était conseillé par des sages qui lui soulignaient l'importance de la clémence et de la justice dans l'exercice du pouvoir. Vraiment, est-ce le même Néron, celui auquel Sénèque a autrefois inculqué à ne *jamais aimer punir* ?....

Passons.

Te rappelles-tu la jolie campagnarde de mon hameau ? Soit par coquetterie, soit par ombrage jaloux, soit par scrupule familial, elle me cachait une sœur aînée ! La nature généreuse l'a dotée d'appas similaires, mais, ô dieux, gratifiée d'un tempérament nettement moins cruel. La belle se rend une fois par semaine chez Tiburce pour le fournir en eau ; bien que mariée et mère de deux enfants, son appétence pour les plaisirs de la chair ne s'est pas émoussée. Nous avons fait l'amour, de but à but, sans la moindre pensée encombrante. Jamais je ne crois avoir aimé un corps aussi souple et brûlant.

Dire qu'hier encore, la mort me paraissait une voie douce et qu'elle me tendait les bras !

À Rome, 15 mai 63

Cher Marcus,

Je n'ai jamais écrit publiquement contre Néron et ne pourrai jamais le faire, à moins, comme tu l'envisageais au Sénat, d'accepter une mort violente. Certaine et *inutile*. Je n'ai plus ton âge pour croire encore à la vertu de ces coups d'éclat. Un sage ne provoque pas les puissants, pas plus qu'un bon navigateur ne jette son équipage en pleine tempête. Les grands exaltés sont pour moi de grands maladroits. J'appelle courageux celui qui, prêt à braver les dangers, sait surtout les éviter.

Au reste, je ne peux m'ôter de l'idée que je détiens ma part de responsabilité dans ce qu'est devenu Néron. Sa mère Agrippine et moi. Par Minerve, quel exemple elle aura été pour ce fils qu'elle rêvait de voir monter au sommet de l'État ! Comment pouvais-je lui inspirer les vertus cardinales alors même qu'il apprenait que sa mère avait fait tuer son propre mari pour pouvoir se rendre libre et épouser l'empereur Claude ? Qu'avec l'affranchi Pallas, elle avait ourdi sans scrupule son adoption et plus tard tramé l'empoisonnement même de Claude ! Ce garçon a grandi dans un monde qui ne ressemblait en rien à ce que je lui enseignais. Feignait-il de prendre mes idéaux au sérieux ? Agrippine était insatiable de pouvoir ; une fois son fils maître de l'empire, son mal ne cessa pas de la ronger. Le pire était à prévoir. C'est un fait politique, défendu par moi devant le Sénat : il fallait neutraliser cette ambitieuse ; ses intrigues à répétition risquaient de compromettre la paix et la sécurité de l'État. Mais la tuer ? On ne verse pas le sang de ses parents impunément. Après avoir éliminé tous ses rivaux, décrété l'assassinat de sa propre mère, que restait-il encore de *défendu* aux yeux de Néron ? Ne l'a-t-il pas exprimé lui-même mieux que quiconque : « Nul empereur avant moi n'a su tout ce qui lui était permis ! »

J'ai vécu tout cela. J'en tire peu de fierté. Mon plus grand tort a été de rester en poste auprès de Néron trop longtemps ; j'aurais dû faire valoir mes droits à une retraite philosophique précoce.

Tout bien considéré, ne le savais-je pas, dès le premier jour, que cet enfant était versatile ? Je ne prête aucun sérieux aux songes prémonitoires ; pourtant, la nuit après qu'Agrippine m'a confié officiellement l'éducation de son fils de douze ans, j'ai rêvé que j'avais non pas Néron, mais le jeune Caligula sous ma responsabilité. Lequel lui aussi s'était avéré un jeune prince prometteur, aimé de tous, avant de sombrer dans la folie meurtrière. Tout était annoncé, ou presque.

La raison d'État a contraint Sénèque à certaines compromissions. Mon nom a beaucoup été calomnié par des envieux ; j'ai aussi quelquefois reçu des blâmes à juste titre. Me voilà seul aujourd'hui avec ma conscience boiteuse et de rares amis pour partager ce fardeau.

À ce propos, tu as chargé de lettres pour moi Tiburce, un *ami,* écris-tu. Puis tu me préviens de ne pas lui communiquer tout ce qui te concerne, attendu que toi-même n'es point dans l'habitude de le faire. Ainsi, dans la même lettre, tu le reconnais pour ami et tu le désavoues. En conséquence, ce mot, par où tu débutes, était une formule creuse : tu disais *mon ami* en vain, comme on dit *l'honorable homme* de tout candidat électoral, comme le quidam dont le nom ne nous revient pas est salué par nous du titre de *monsieur*. Pour cela, passe, je veux croire que ce Tiburce t'est un compagnon précieux dans les circonstances de ton exil, mais si tu tiens pour ami l'homme en qui tu n'as pas autant de foi qu'en toi-même, ton erreur est grave et tu méconnais le grand caractère de l'amitié. Tu peux délibérer de tout avec l'homme de ton choix, si tu t'es montré prudent au moment de le choisir. Avant d'être ami, sois juge. Ils marchent sur la tête, ceux qui, contrairement aux préceptes de Théophraste, n'examinent un ami qu'après s'être attachés à lui et s'en détachent sitôt que l'examen s'est révélé peu convaincant. Réfléchis longtemps sur l'adoption d'un ami ; mais une fois décidé, parle aussi hardiment devant lui qu'à toi-même. Le juger discret saura l'obliger à l'être. Certaines gens ont enseigné à les tromper en craignant qu'on ne les trompât, et donné, par leurs soupçons, le droit d'être trahi. Eh ! pourquoi donc des réticences devant un ami ?

Porte-toi bien.

Lieu tenu secret, 12 juin 63

Cher Sénèque,

Me voilà sans personne depuis le départ de Tiburce. Les journées s'écoulent et je l'imagine déjà sur son trajet de retour, remonté comme jamais contre la corruption ordinaire qui sévit à Rome.

Je t'ai menti par omission : je ne suis pas seul. Je me délecte de la compagnie de Pindare, Catulle et Ovide, Varron et Properce. Et quelques philosophes, comme ce faraud de Chrysippe et Apollodore, des amis à toi. Je m'applique à les lire, lentement, goûtant aussi bien une épigramme sévère et des poèmes doucereux. Il est prodigieux de constater comme ce petit vallon, au plus fort de l'été, est peuplé d'excellents génies du genre humain.

Et puis ma paysanne égrillarde me visite en secret, sitôt qu'elle le peut. Le corps est décidément un puissant récréatif pour l'esprit, qu'il s'agisse de rebâtir une cahute ou de s'ébattre avec une femme. Tous deux nous ruons dans les jeux amoureux comme des enfants. Elle ne donne aucune marque d'attendre quelque chose de moi en retour. Candeur rafraîchissante quand on connaît les Romaines. Je lui ai néanmoins fait ce petit présent : un bracelet en pierres de corail de Collos, l'artiste ionien. Autant pour lui faire plaisir que pour m'ôter ce bijou, souvenir d'un raffinement passé qui ne me sied plus.

Sénèque, personne à Rome ne reconnaîtrait Marcus : j'ai cessé de me raser, je n'ai guère soin de ma chevelure ni de mes habits, je me nourris de fruits et d'eau, mes chères habitudes se sont perdues ; l'abandon des superfluités procure un sentiment inattendu de liberté. Antisthène vociférant dans son gymnase et Diogène roulant son tonneau sur les remparts de Corinthe n'avaient peut-être pas tort de flétrir à ce point les commodités de la vie. En revanche, je bute sur certaines de leurs dénégations de l'existence : il est difficile d'amener notre âme au mépris entier de la vie qui l'anime !

Ma mémoire et moi, je nous exerce en retenant par cœur des poèmes ou des maximes sur les vertus. Comme tu me l'as prescrit, je m'efforce de consigner, au fil de mes lectures, des extraits et des formules qui ont marqué mon esprit, et je les reproduis de ma main. Pour cela, j'emploie de vastes feuillets vierges sur lesquels j'inscris deux ou trois morceaux, bien calligraphiés et bien aérés, afin qu'ils soient aussi faciles à lire que beaux à regarder. Ce manuscrit, roulé dans un étui de prix offert par Tiburce, doit devenir le reflet fidèle de mes idées.

Dira-t-on jamais assez qu'on n'apprend à penser par soi-même que sur le vu de la pensée des autres, ceux-là précisément qui nous ont précédés et qui nous surpassent ?

Six jours sans pouvoir reprendre et terminer la rédaction de cette lettre.

Tiburce est revenu plus tôt que prévu. Sa famille, qu'il fuit depuis vingt ans pour des raisons qui le regardent seul, lui a, semble-t-il, battu froid à son arrivée à Rome. Le vieil homme n'a pas toléré de demeurer plus de deux journées dans la même ville qu'eux. Sur la route du retour, sa colère n'a fait que croître. Il aurait chuté de sa mule à plusieurs reprises. À son arrivée, j'avais devant moi un malade déjà moribond.

Jusque-là mes heures s'écoulaient dans la tranquillité, béates et sereines. Tout à coup, il m'incombait de sauver une vie ! Je n'osais aller quérir du renfort au hameau ; Tiburce, seul le temps d'une journée, à mon avis, ne survivrait pas. Le corps du vieillard devint inerte, les taches sombres de son visage s'élargissaient affreusement, son regard se figeait lors d'intervalles de plus en plus longs et rapprochés. Il déclinait l'eau et le miel que je lui prodiguais ; je l'épongeais, mais son corps, rendu sensible à l'excès par la douleur, se recouvrait de sueur, même les nuits où la température redevenait clémente.

J'avais beau avoir lu dans sa bibliothèque de nombreux philosophes méditant sur la mort, leurs belles pages mouraient, à leur tour, à l'épreuve de la réalité et d'un corps qui désapprenait à vivre.

Tiburce a été saisi d'une fièvre galopante. Ce jour-là, le hasard fit venir Areté et son fiancé. Courageusement, ils m'ont secondé lors des derniers instants de mon hôte.

Le garçon et moi avons enseveli le vieil homme sous un carré de terre ombré par sa petite maison, en présence des rares habitants du mont.

Dieux, pourquoi le sol d'ici est-il aussi coriace ? Non seulement rien n'y pousse, mais il n'a reçu que très laborieusement la dépouille d'un Tiburce.

Conséquent avec moi-même, j'ai refusé de sacrifier à aucune cérémonie de funérailles, si chères à nos compatriotes superstitieux. Cependant, j'ai lu dans l'œil de mes voisins la plus vive incompréhension ; aussi ai-je déposé, pour satisfaire leur goût de la tradition, une pièce de monnaie sur les lèvres sèches de Tiburce, afin que fût acquitté le péage perçu par Charon, l'homme qui embarque les défunts à travers le fleuve Achéron jusqu'au séjour des morts. Voilà une pièce de perdue, ai-je pensé, avec cette étrange amertume de voir Tiburce rejoindre les ténèbres, le profil de Néron sur la bouche…

Ai-je eu tort d'appeler cet homme mon ami, comme tu m'en as fait le reproche ? Ne peut-on se dire amis non pas en s'avouant tout mais en respectant au contraire les secrets et les silences de l'autre ? Un ami n'est-il pas, selon Épicure, quelqu'un qui s'assoit auprès de soi quand on est malade, qui vient nous porter secours lorsque les ennemis déferlent, qu'on se retrouve dans les fers ou privé de ressources ? Nous n'étions rien de moins l'un pour l'autre, Tiburce et moi.

Tu apprendras, cher maître, que je suis de nouveau lancé sur les routes. Il a été impossible à ton ami de demeurer dans l'habitation de son hôte disparu ou de remonter prendre pension au hameau ; ces monts qui m'ont couvé pendant près de quatre mois, et qui ont fini par m'enchanter, me sont aujourd'hui odieux à contempler.

J'ai choisi de prendre la direction d'Aquilée, parce que son nom fut hâtivement mentionné le jour de ma rencontre avec Tiburce. Nous verrons ce qui m'y attend. Je souhaite qu'entre Rome et moi, le fossé aille en se creusant et que Marcus Scaurus disparaisse au profit d'un anonyme qui ne courra plus le risque d'être pris.

L'homme que je deviens n'est que très peu comparable avec celui qui se sauvait du Sénat. Le sacrifice de ma vie, que j'étais prêt à subir à la tribune pour prix d'un discours vengeur, m'effare aujourd'hui. Comment ai-je pu jouer avec une telle idée ? Tu as raison, l'exalté est un maladroit, aveuglé par ses passions, et qui se supprime souvent pour rien.

J'ai laissé beaucoup de ma personne dans ce hameau reculé, au nord de Padoue. Étrangement, malgré ce triste épilogue, j'en ressors ragaillardi, l'esprit moins confus, plus centré sur de véritables questions.

L'*unique nécessaire* caressé par mon bref ami ?

À Rome, 23 juin 63

Cher Marcus,

Ta relation des derniers jours de Tiburce m'a fait beaucoup de peine. Je sais ce que l'on ressent lorsqu'un ami, une connaissance même, est enseveli ou brûlé sur un bûcher ; une part de nous-même rejoint prématurément le pays des âmes. Supporte ton chagrin. Domine-le enfin. Continue, hâte-toi de ton mieux pour jouir plus longtemps de l'heureuse transformation de ton âme qui redécouvre la paix grâce à la sagesse. Travailler à cette transformation et à cette paix est déjà un plaisir, c'est certain ; mais la volupté qu'on éprouve à contempler son âme pure de toute tache, fortifiée et resplendissante, est encore plus grande. Tu te souviens, n'est-ce pas, de la joie ressentie lorsque, ayant quitté la robe prétexte à seize ans, tu as revêtu la toge virile et été mené en grande pompe au Forum ? Attends-toi à mieux pour le jour où, dépouillé de toute marque de l'enfance morale, tu seras inscrit par la sagesse au rang des hommes.

Même lorsque nous ne sommes plus si juvéniles, j'en sais quelque chose, nos âmes peuvent le rester ; et, ce qui est pis, derrière l'air imposant que donne le grand âge, nous gardons les défauts de la jeunesse, et pas seulement de la jeunesse, mais de la petite enfance ! L'enfant s'effraie de peu, le tout-petit de ce qui n'est pas ; l'adulte, de l'un et de l'autre !

Progresse en sagesse et tu reconnaîtras qu'il est des choses d'autant moins à craindre qu'elles suscitent beaucoup de peur. N'est jamais grand le mal qui termine tous les autres. La mort vient à toi ? Il faudrait la craindre si elle pouvait rester avec toi ; mais de deux choses l'une, soit elle n'arrive point, soit elle passe comme un éclair qui tombe. « Il est difficile, dis-tu, d'amener notre âme au mépris de la vie. » Eh ! vois quels frivoles motifs inspirent quelquefois ce mépris ! Un amant court se pendre avec un lacet à la porte de sa maîtresse ; un serviteur se précipite du haut d'un toit pour ne plus entendre les réprimandes de son maître ; un esclave fugitif, de peur d'être repris, se plonge un glaive dans le ventre. Douteras-tu que le vrai courage ne puisse aider à faire ce que suscite parfois une peur excessive ? Nul ne saurait vivre en sécurité, s'il songe trop à prolonger ses jours, s'il compte parmi les grandes félicités de vivre sous une nombreuse série de consuls. Puissent tes méditations quotidiennes t'aider à abandonner sans regret cette vie à laquelle tant d'hommes se raccrochent, comme les malheureux déportés par le courant s'accrochent aux bois et aux rochers du torrent. La plupart flottent misérablement, ballottés entre les terreurs de la mort et les tourments de la vie ; ils ne veulent plus vivre et ne savent pas mourir ! Veux-tu que l'existence te soit douce ? Ne t'inquiète jamais de la voir finir. Exhorte-toi, endurcis ton âme contre tous les accidents qui frappent tous les hommes, même les puissants. Méfie-toi des calmes apparents ; un instant suffit à démonter la mer : le même jour, là où ils voguaient sereinement, les bateaux sont engloutis. Songe qu'un brigand, qu'un ennemi peut te mettre l'épée sous la gorge, qu'à défaut des tyrans comme Néron, un simple esclave a sur toi droit de vie et de mort. Je l'affirme : celui qui méprise sa vie se rend facilement maître de la tienne. Fais la liste de ceux qui ont été assassinés chez eux, de face ou de dos, tu verras que l'exaspération des esclaves n'a pas fait moins de victimes que celle des rois. Entends-moi bien : depuis le jour de ta naissance, c'est à la mort que tu marches. Voilà quelle sorte de pensées il faut savoir rouler dans son esprit, si l'on veut attendre en paix cette heure ultime dont la frayeur surpasse toutes les autres.

Mais pour terminer ma lettre, reçois cette maxime qui m'a plu aujourd'hui (nouvelle fleur dérobée aux jardins d'Épicure) : « C'est une grande fortune que la pauvreté réglée sur la loi de la nature. » Or cette loi, sais-tu à quoi elle restreint nos besoins ? À ne point pâtir de la faim, de la soif et du froid. Pour chasser faim et soif, il n'est pas nécessaire de courtiser les souverains en vue de primes et de gratifications, d'endurer leur écrasant dédain ou leur politesse insultante, il n'est pas nécessaire d'affronter les mers ni de s'incorporer. Aisément on se procure ce que la nature réclame : la chose se tient à notre portée ; c'est pour le superflu que l'on transpire, c'est le superflu qui nous use sous la toge, qui nous condamne à vieillir sous la tente, qui nous envoie échouer sur des côtes étrangères. Ce qui suffit, nous l'avons sous la main ! Toi qui t'accommodes de ta pauvreté, tu es riche.

Porte-toi bien.

Lieu tenu secret, 30 juillet 63

Cher Sénèque,

Depuis mon départ du hameau, je franchis étape après étape et relais après relais sur la route qui conduit à Aquilée, aux portes de l'ancienne Illyrie. Je n'emporte avec moi que les feuillets où j'ai consigné mes précieuses maximes (et les deux aurei et les sesterces empruntés à Padoue qui me font ton obligé).

Quelque chose a changé : je voyage à mon gré, je ne suis pas en fuite, aussi puis-je prendre le temps d'observer et d'écouter ce qui se dit autour de moi. Une certitude : l'opinion des provinces est désespérante ; partout Néron est loué. Les sommes considérables qu'il déverse en distributions de pain et en jeux publics, les jours chômés qu'il multiplie, l'idée fausse qu'on lui doit la paix qui règne dans l'empire, une propagande éhontée, le font apparaître comme un bienfaiteur du peuple. Sommes-nous loin de Rome et de mes compagnons républicains ! Que n'ai-je ouvert les yeux plus tôt ! À quoi servirait-il de risquer sa vie pour soulever la capitale, dès lors que le reste de l'empire est l'allié fidèle de son maître ? Je resonge à cet aboyeur des carrefours qui, au passage de Néron, avait eu l'audace de lui reprocher de bien chanter mais de mal agir. Le zélé a payé son audace de sa vie, et après ? Néron chante toujours et agit plus mal encore. Si j'avais aboyé mon discours devant les Pères conscrits, c'est à ce balourd que je ressemblerais aujourd'hui, et non à Caton !

J'ai appris qu'un jeune patricien ayant inscrit sur les murs de Padoue un graffiti où mon nom était célébré a été persécuté par la populace au titre du respect dû à Néron. Par Minerve, déesse des idées justes, je renonce à jamais à la politique. Qui vantera Platon pour avoir introduit ce mal dans les préoccupations philosophiques ? Nos premiers sages grecs de l'école de Milet avaient l'extrême ingénuité de ne s'occuper que des astres, des composants de la vie, et de la gouvernance des âmes. Cher Sénèque, c'est toi qui as raison, je ne dois travailler qu'à me rendre meilleur, à ne plus souffrir en pure perte de choses et de personnes sur lesquelles je n'ai pas la main. Étudie et étudie d'arrache-pied, Marcus, afin de faire de toi un homme libre, c'est-à-dire un homme heureux.

Tu souriras d'apprendre que je fais toujours un certain effet partout où je passe. Autrefois, à Rome, ma mise impeccable et au goût du jour épatait, aujourd'hui ma saleté, mes habits d'étoffe grossière, ma barbe rebelle inspirent deux réactions : en l'espèce on s'interroge, serait-ce un vagabond ou un philosophe ?

À chaque apparition dans un village, le choix m'est donné entre une volée de cailloux et des sourires engageants. Tu n'en doutes pas, les volées de cailloux sont beaucoup plus fréquentes. À ma grande surprise, leurs égratignures me flattent. Lesquelles entérinent mon changement de vie. Un vaniteux fait feu de tout bois, il ne se guérit pas en quelques semaines ni en quelques bonnes lectures.

Comme l'écrit le vieux Carnéade, les encensoirs, même vides, conservent longtemps leur parfum.

À Rome, 10 août 63

Cher Marcus,

Que tu te livres à l'étude en opiniâtre et que tu veuilles renoncer à tout le reste, pour mieux travailler à te rendre chaque jour meilleur, je t'en approuve et je m'en réjouis. Je ne t'exhorte pas à persévérer, je fais mieux, je t'en conjure. Toutefois, écoute mon conseil : n'imite point ces hommes qui aspirent non à faire des progrès, mais à faire du bruit ; rien dans ton extérieur ou dans ton genre de vie ne doit attirer les regards. Exhiber une mise repoussante, une chevelure en désordre, une barbe négligée ? Fuis tout cela. Ce titre de philosophe, si modestement qu'on le porte, est déjà bien assez impopulaire (certains cailloux que tu as reçus ne volaient pas parce que tu ressemblais à un vagabond !) ; que sera-ce si nos habitudes nous coupent du reste des hommes ? Dans notre quant-à-soi, soyons uniques ; au-dehors, soyons comme tout le monde. Ni toge resplendissante, ni oripeaux. Sans posséder d'argenterie ciselée d'or, ne va pas croire que ce soit faire preuve de sobriété que de n'avoir ni or ni argent chez soi. Montrons des façons d'être meilleures que celles de la foule, mais non pas contraires ; sinon, nous allons faire fuir et nous aliéner ceux que nous prétendons réformer. En outre, par notre inconduite, nos partisans ne voudront nous imiter en rien, de peur d'avoir à nous imiter en tout. Ce que la philosophie promet, c'est le bon sens commun, l'amour de nos semblables et une vie réglée en société ; nous démentirions cette promesse si nous faisions divorce avec les humains. Veillons, en cherchant à susciter leur admiration, à ne pas tomber dans le ridicule et l'odieux. Notre dessein est de vivre selon la nature. Or, il est contre la nature de s'imposer des tortures physiques, d'avoir en horreur le soin de nos habits, de goûter la crasse et une nourriture, non seulement grossière, mais qui répugne au palais et à la vue. De même que rechercher les délicatesses de la table s'appelle sensualité, fuir des jouissances toutes ordinaires et peu coûteuses est de la folie. La philosophie veut qu'on soit tempérant, non bourreau de soi-même ; et la tempérance n'exclut pas d'être présentable. Voici le juste milieu où j'aime que l'on s'arrête : je préconise un équilibre entre la vertu idéale et les mœurs du siècle, et que chacun de nos visiteurs, tout en nous voyant plus haut qu'eux, se reconnaisse en nous. « Qu'est-ce à dire ? Ferons-nous donc comme tous les autres ? Il n'y aura plus de différence de nous au vulgaire ? » Il y en aura certes une grande ; et qui nous examinera de près la sentira bien. Si l'on entre chez nous, que l'admiration se porte plutôt vers le maître que vers son mobilier. Il y a de la grandeur à se servir d'argile comme on se servirait d'argenterie ; il n'y en a pas moins à se servir d'argenterie comme si c'était de l'argile. C'est aussi une faiblesse d'âme de ne pouvoir supporter les richesses.

Porte-toi bien.

Lieu tenu secret, 19 août 63

Cher Sénèque,

Mes lettres vont devenir, pour un temps, plus courtes, jusqu'à ce que je découvre, au gré de mes pérégrinations, de quoi reconstituer un nécessaire d'écriture. Trop de scrupules m'ont retenu d'emporter quoi que ce soit de la maison de Tiburce, ayant déjà eu si peu de temps pour reconnaître son hospitalité.

Je suis sensible à la moindre de tes recommandations, n'en doute pas, comme aux paroles d'un dieu. Ma bonne volonté n'est pas en question, je te le jure ; seulement, il peut entendre les conseils, le disciple, les comprendre même, et être incapable de les appliquer. Je dois m'entraîner et affermir mon caractère comme les athlètes : en endurant, en luttant contre le découragement, et en visant haut. N'en parlons plus : mes cheveux gras et ma longue barbe étaient des enfantillages.

Ses déplacements ont conduit ton ami dans un village de pêcheurs, aux environs d'Aquilée ; je suis hébergé chez un homme veuf qui vit avec son fils de sept ans. Il m'a accueilli avec simplicité ; lorsque j'ai voulu m'acquitter d'un loyer pour le soulager, il a refusé, prétextant le sacré de l'hospitalité et sa préférence de me voir l'aider à tirer ses filets. Je suis resté pantois avec ma piécette dans la main, ornée du profil des trois sœurs de Caligula.

Me voilà revenu au contact d'une vie modeste. La mer, devant moi, m'adoucit comme m'adoucissaient les monts arides. Le regard requis au loin par la ligne d'horizon, je prétends que si l'on me demandait quelles sont, pour moi, les choses les plus belles au monde, je répondrais les femmes et la mer.

Mon hôte ne possède aucune culture, il vit loin du loisir lettré, rustre mais bon, il sait quoi accomplir pour se substenter ; lui n'a pas eu besoin des exhortations de la philosophie pour apprendre à vivre sans façon, en conformité avec la nature. Je lui ai demandé s'il lui restait quelque envie, voire des rêves, qui, peut-être, lui rongeaient l'âme ? Il m'a répondu : « Je serais heureux d'avoir un bateau neuf. » Ah ! ai-je pensé, voilà l'appétit de biens dont l'homme sait rarement se défaire. Mais il a repris pour ajouter : « Parce que le mien prend trop l'eau. »

Son fils et lui sont admirables à voir : le père enseigne patiemment les rudiments de son art, il se lie entre eux une complicité et une affection qui bouleversent, moi d'abord qui n'ai jamais été que l'adversaire de mon père.

Je sais que le bonheur de ce pêcheur désargenté n'est pas l'apanage de la pauvreté joyeuse. Un homme riche, auréolé de ses millions dans un palais somptueux, peut lui aussi jouir des trésors d'une vie simple. Toi-même, Sénèque, pour être le Romain le plus fortuné de l'empire, tu ne méconnais pas la sérénité et le bien-être de certaines petites gens. Ton pactole, la Fortune te l'a donné, Néron pourrait t'en défaire d'un trait de plume.

Pourquoi m'entretiens-tu si peu de ton cas ? Voilà deux ans que tu t'es relégué loin de la vie publique et de tes activités de banquier, que tu chéris les heures consacrées à progresser en sagesse. Es-tu changé en profondeur ? Le vieil homme est-il satisfait de sa vieillesse ? Si oui, ne me tais pas tes recettes, le jeune homme en a besoin ! Et, si tu le puis, fais-moi parvenir quelques rouleaux de beaux textes, car ici, faute de ces soutiens, je replonge dans mes propres pensées qui ne me renvoient vers rien de bon.

Merci.

À Rome, 30 août 63

Cher Marcus,

Puisque tu m'interroges sur moi, sache que Sénèque ressent, depuis quelques mois, non seulement qu'il s'améliore, mais qu'il se transforme ! Je n'ose déclarer qu'il ne reste rien à changer chez lui ; comment n'aurais-je pas encore bien des penchants à contenir, à affaiblir, à fortifier ? C'est même une preuve de sa métamorphose que notre âme découvre en elle des défauts qu'elle ignorait jusque-là. Il est des malades que l'on loue de bien connaître leur mal. Combien je voudrais te faire sentir les effets du changement si soudain que j'éprouve ! Alors je commencerais à avoir confiance en notre amitié, cette amitié vraie, que ni espoir, ni crainte, ni vue d'intérêt mesquin ne peuvent entamer ; cette amitié qui ne meurt qu'avec l'homme et pour laquelle un homme sait mourir. Je te citerais bien des gens chez qui les amis n'ont point manqué, mais l'amitié oui. Pareille chose ne saurait arriver aux âmes transportées d'un zèle égal et unies par l'amour du bien. Comment en serait-il autrement ? Elles savent qu'entre elles tout est réciproque, à commencer par les disgrâces de la vie. Ton âme ne peut mesurer ce que chaque jour m'apporte de progrès visibles pour moi !

Tu me demandes de t'envoyer cette recette dont l'exercice m'est si bénéfique ? Bien entendu, j'aspire à verser tout mon acquis en Marcus ; si je me réjouis jamais d'apprendre, c'est pour enseigner ; et nulle découverte ne me charme, quelque précieuse et salutaire qu'elle soit, si je la dois conserver pour moi seul. La sagesse me serait donnée tout entière à la réserve de ne la communiquer à personne, je la rejetterais. Toute jouissance égoïste perd sa douceur. Je t'enverrai donc les livres mêmes ; et pour que tu n'aies pas trop de peine à y chercher çà et là ce qui doit te servir, j'y ferai des remarques qui te mèneront aux endroits que j'approuve et que j'admire.

En attendant, comme je te dois mon petit tribut habituel, voici ce qui m'a aujourd'hui charmé dans Hécaton : « Tu demandes quels progrès j'ai fait ? Je commence à être l'ami de moi-même. » C'est un grand pas : Hécaton ne sera plus jamais seul. Un tel homme, sois-en sûr, est l'ami de tous les hommes.

Porte-toi bien.

Lieu tenu secret, 12 septembre 63

Cher Sénèque,

Je n'ai, hélas, que la marge de ce tract vantant les vertus de l'infâme Tigellin pour t'écrire ces quelques mots.

J'apprends qu'un navire qui relâche non loin d'ici s'apprête à appareiller pour l'Égypte. Il semblerait que je puisse m'y embarquer sans complication. Que me conseilles-tu ? Ce voyage peut-il m'être salutaire ? Ou sera-ce un piège pour mon esprit encore trop vert ?

J'hésite. Que dois-je éviter ?

À Rome, 19 septembre 63

Cher Marcus,

À l'idée d'un grand périple, les gens ordinaires te proposeront, d'entrée de jeu, des destinations diverses et variées, le sage, lui, te dira : « Peu importe ! » Tu veux savoir ce que tu dois éviter avant toute chose ? La foule. Ici, comme en Égypte, comme partout ailleurs. Ta conversion est encore trop récente pour que tu puisses te livrer impunément au contact du plus grand nombre. Moi-même, j'avoue ma faiblesse : jamais je ne rentre au bercail tel que j'en suis sorti. Toujours quelque trouble intérieur que j'avais éteint se réveille, quelque tentation vaincue réapparaît. Faible, il est imprudent de se répandre dans une société trop fréquentée. Là se rencontre toujours quelqu'un pour nous prêcher le vice, l'empreindre en nous, ou, à notre insu, nous corrompre. Plus on lie de connaissances et plus le danger se multiplie. Par exemple, rien ne fait davantage de tort aux bonnes mœurs que d'assister, sur les gradins, à ces spectacles offerts au peuple par Néron ; c'est alors, par le truchement des plaisirs les plus vils, que les vices s'insinuent. Tu te demandes où je veux en venir ? À ceci : ce n'est pas seulement plus cupide, plus prétentieux, plus dépendant du luxe qu'on en ressort, mais plus cruel et plus inhumain.

Le hasard m'a conduit en juillet dernier aux jeux annuels de la Victoire, à midi, au moment où les spectateurs sortent en masse de l'arène pour aller déjeuner : en attendant leur retour, j'escomptais des jeux bénins, des facéties, quelque délassement qui repose les yeux du sang versé par les gladiateurs. Loin de là : tous les massacres qui avaient précédé au cours de la matinée n'avaient été que pure clémence. Cette fois, plus de retenue ! C'est l'homicide pur et simple, dans toute sa crudité. Le corps des hommes projetés sur la piste n'a plus rien pour se protéger ; il est tout entier exposé aux coups, pas un ne l'épargne. La foule, ainsi qu'on le dit, préfère cela aux gladiateurs ordinaires et aux vedettes ! Pourquoi aurait-elle tort ? Ni casque ni bouclier pour repousser le fer ! À quoi bon ces armures, cette escrime, toutes ces ruses, sinon à trop retarder la mort ? Le matin, c'est aux lions et aux ours qu'on livre des hommes ; à midi, c'est aux quelques spectateurs restés à leurs places. On met des condamnés à mort aux prises entre eux, et chaque vainqueur est aussitôt réservé pour la prochaine boucherie. Hors la mort, point d'issue. S'ils répugnent à combattre, le fer et le feu des officiels les y obligent. Voilà de quoi l'on se détend à Rome pendant les intermèdes du spectacle ! « Mais cet homme-ci dans l'arène a commis un vol ! – Eh bien, il mérite le gibet. – C'est un assassin ! – Tout assassin doit subir la peine du talion. Mais toi qu'as-tu fait, malheureux, qui te condamne à un tel spectacle ? – Les fouets ! Le feu ! La mort ! s'écrie-t-on. » En voilà un qui recule trop tôt sous les coups, qui tombe avec peu de fermeté, qui ne meurt pas de bon gré ! Le fouet le renvoie au centre de la piste ; et des deux côtés les poitrines dénudées s'offrent aux blessures. Le spectacle est-il suspendu ? On se met alors à égorger des prisonniers, par passe-temps, pour meubler l'entracte et ne pas rester sans rien faire.

Romains ! Ne sentez-vous nulle part que l'exemple du mal retombe sur ceux qui le donnent ?

Il faut sauver de l'influence populaire un esprit trop tendre et trop peu engagé dans la bonne voie : aisément il passe du côté de la foule.

Un seul exemple de largesse ou d'avarice produit des maux considérables ; un convive aux goûts raffinés nous efféminé peu à peu et nous amollit ; le voisinage d'un riche excite la convoitise ; la rouille de l'envie d'un mauvais compagnon est contagieuse ; que penses-tu qu'il arrive lorsque tes mœurs sont en butte aux assauts de tout un auditoire ? Inévitablement, tu seras son imitateur ou son ennemi. Double écueil qu'il faut éviter : ne point ressembler aux méchants parce qu'ils sont le grand nombre, ne point haïr le grand nombre parce qu'il diffère de nous. Rentre en toi-même autant que possible ; fréquente ceux qui te rendront meilleur, reçois ceux que tu peux rendre tels. Prends garde que la vanité ne t'entraîne un jour à faire une allocution devant une assemblée peu digne ; aucun d'eux ne te comprendra, hormis peut-être un ou deux par hasard ; encore faudrait-il les former toi-même, les élever à te comprendre. « Et pour qui donc ai-je tant appris ? » N'aie point peur que ta peine soit perdue : tu as appris pour toi.

Porte-toi bien.

Lieu tenu secret, 29 septembre 63

Cher Sénèque,

Les livres annotés de ta main me sont parvenus en même temps que ta dernière lettre, ainsi que les quelques feuillets qui me permettent aujourd'hui de t'écrire plus longuement.

Je savoure la biographie de Rutilius Rufus, modèle insurpassable de l'exilé romain. En revanche, ne m'as-tu confié les *Eglogues* du poète Calpurnius Siculus que pour mieux me faire sentir les nombreux espoirs déçus que Rome avait mis dans le jeune Néron lors des cinq premières années prometteuses de son règne ? De même, ton *Pro Marcello* de Cicéron est-il une invitation déguisée à ce que, un jour lassé d'une vie d'exil, je trouve en moi le détachement nécessaire pour demander à une plume illustre – peut-être la tienne ? – de plaider en ma faveur auprès du Prince et implorer sa grâce ?

Misère de ma vie, je n'en suis pas encore là !

Autre chose : permets-moi, un court instant, de me distraire à tes dépens, cher maître. Dans une de tes précédentes lettres, tu m'as enjoint de borner mes lectures à quelques grands auteurs et de les approfondir avec persévérance. Voilà qu'aujourd'hui, je reçois de toi des œuvres majeures mais où, comme tu me l'écrivis antérieurement, « pour que tu n'aies pas trop de peine à y chercher çà et là ce qui doit te servir, j'y ferai des remarques qui te mèneront aux endroits que j'approuve et que j'admire ». D'un côté, j'ai ordre de lire, de l'autre, je suis autorisé à survoler. Cette contradiction est, à mon sens, une démonstration de vertu de ta part et dit que tu es un compagnon avant d'être un philosophe ; tu parles sans système, à la différence de ceux-là qui, en professionnels du haut vocable de la philosophie, ont lié leurs différentes pensées avec des faisceaux si étroits qu'un disciple ne peut y respirer. Le dogme rigide, raisonné à outrance, sans failles mais privé de vie, est remplacé chez toi par les bonnes intentions et je t'en remercie. Bien que l'ayant auné à sa courte mesure, les dieux ont eu pitié de Marcus depuis son départ de Rome ! Je ne cesse de reconnaître la chance qui est la mienne d'avoir pour censeur, pour correspondant régulier, un homme aussi unique. Au moment de ma vie où je ne puis plus m'entretenir avec personne, c'est Sénèque lui-même qui accepte de me parler et de m'entendre ! Au vrai, je ne suis rien pour toi, sinon un jeune Romain perdu comme la Ville en compte tant. J'ai grand tort de ne pas t'avoir remercié plus tôt pour ces heures et cette considération que tu me réserves.

Ce matin, tu sauras que ton ami était seul dans la maison du bon pêcheur qui l'héberge. Ses murs sont imprégnés d'odeurs de poisson frais et de mauvais garum. De quoi offenser l'odorat sensible de certains riches Romains qui font tapisser de safran les rues autour de leurs palais pour recouvrir les relents de la Ville.

J'étais plongé aux côtés de Rutilius Rufus dans ses souvenirs de la bataille de Muthul, fort impressionné par la charge des éléphants de combat qu'il repoussa avec hardiesse, lorsque le jeune enfant du pêcheur fit son entrée dans la pièce.

Il m'observa tout le temps de ma lecture. La veille au soir, ce garçon avait fait preuve d'une même saine curiosité et m'avait examiné pendant que je rédigeais les quelques lignes qui ouvrent cette lettre. Il m'a questionné : « Que fais-tu ? » Je lui ai répondu que j'écrivais mes pensées. « Pour quoi faire ? — Pour les ordonner. Pour qu'elles durent, aussi. Enfin pour qu'elles atteignent l'un de mes chers amis, resté au loin. » À l'évidence, cela lui a donné à songer.

Aujourd'hui, à le voir me fixer de nouveau sans bouger, accroupi dans un angle, j'ai été pris d'une idée folle : jouer au maître. Je l'avoue tout de suite avec honte, ce ne sera pas la dernière de mes folies. Mais ne me l'as-tu pas assez répété : à quoi bon apprendre si l'on ne partage ses découvertes ? L'enfant s'est approché. J'ai commencé par lui expliquer que le dessein de toute vie d'homme était le bonheur. Début vertueux, estimeras-tu ? Je le crois bon. Cela posé, j'ai ajouté qu'il fallait, avant toute chose, savoir ce qu'on entendait par le mot même de bonheur, et que toute la difficulté résidait dans cette définition. « En enseignant, on apprend », dis-tu ? Il est vrai. Du moins ai-je pu mesurer mon incompétence ! Enhardi par mon ouverture, je n'ai pas tardé à perdre le fil de mes pensées. Plus j'essayais d'être simple et clair et moins je trouvais mes arguments pertinents. L'enfant me regardait avec de grands yeux. J'étais si troublé que j'ai manqué l'entrée du père dans la maison. Lequel s'est aussitôt esclaffé : « Je me doutais que vous étiez un raisonneur ! »

L'homme s'est montré très remonté contre la philosophie, comme contre tout ce qui provient des Grecs, qu'il juge bavards et menteurs. Il m'a conté cette histoire : « Un philosophe barbu et puant est venu chez nous, l'année du mariage de Néron ; cet énergumène s'est piqué de vouloir m'apprendre à mourir ! La belle affaire ! *Je saurai bien assez tôt comment m'y prendre,* lui ai-je répliqué, *la nature m'en informera le moment venu, comme elle m'a appris, nourrisson, à respirer, à téter le sein et à dormir. Pourquoi voulez-vous que je m'inquiète de l'idée de la mort alors que je me trouve bien portant ?* » Après quoi le philosophe a cru valable de lui enseigner à se montrer « indifférent » face aux mauvais coups de la Fortune. Il l'instruisit de l'histoire de cet enfant de Sparte qui, alors qu'il honorait un autel en brûlant l'encens, fit tomber une braise le long de sa manche. En digne Lacédémonien, il n'en laissa rien paraître, n'interrompit point son service religieux, et l'assistance admira son courage au moment où l'odeur de sa chair brûlée se répandit. Après quoi, le philosophe, très en verve, choisit l'exemple de cet homme de Mégare qui, ayant vu sa femme et ses enfants mourir lors de l'invasion de sa ville, répondit sans émotion à celui qui lui demandait ce qu'il avait perdu : « Rien. Je n'ai connu aucune perte, car tous mes biens sont avec moi ! »

« Entendons-nous, a alors pesté mon pêcheur : si la philosophie a pour dessein de nous donner le cœur froid et les yeux secs de cet animal-là, je préfère encore faire école de bêtise ! J'ai versé des pleurs à la disparition de ma femme, mon fils a pleuré, et mon fils pleurera à ma dernière heure ; la Nature nous a faits tels, tristes et heureux, pourquoi vouloir la contrarier avec de grands principes ? Je n'ai pas vocation à me métamorphoser en statue. »

Suite à maintes de ses observations du même tonneau, je me suis surpris à penser : il a raison ce rustre ! Cher Sénèque, tu n'imagines pas le désarroi dans lequel je suis jeté. Quel disciple suis-je si je finis toujours par tomber d'accord avec le dernier personnage qui a parlé, pourvu qu'il se soit exprimé avec sincérité et logique ? Quelques haussements d'épaules ont suffi : ce simple pêcheur a mis en doute tout ce que je croyais avoir appris. Tu dis que mon esprit est encore vert, c'est bien pis : il est à peine en germination ! Lorsque j'observe cet homme de peu et son fils vivre paisiblement du fruit de leur pêche, suis-je en droit de me demander s'ils n'ont pas raison contre tous les philosophes ? Est-ce vivre que de se mettre à l'ombre des livres pour y puiser la sagesse ? Toi-même, cher maître, ta vie, aujourd'hui contemplative, n'est-elle pas scandaleuse ? Tu m'ordonnes d'éviter la foule, de me retirer, de me contenter de ma seule conscience, mais les Stoïciens dont tu te prévaux, n'ont-ils pas commandé de mourir dans l'action ? Et cet homme impassible de Mégare qui a tout perdu, trouves-tu qu'il mérite d'être flatté ?

Voilà que je passe mes nuits à me morfondre, à rouler sur ma couche, à questionner mes mérites, à interpeller sévèrement le médiocre Marcus. Il est cruel de ne pas reconnaître quelle action choisir, mais il est pis encore de ne pas savoir quoi penser ! Serai-je toujours cet enfant intempéré ?

Ô Sénèque, prends en pitié le garçon dont l'esprit s'égare au premier obstacle…

À Rome, 10 octobre 63

Mon bon Marcus,

Si je te presse de fuir le monde et de te concentrer sur les fluctuations de ton âme, voilà que tu me réponds : « Tu m'ordonnes d'éviter la foule, de me retirer, de me contenter de ma seule conscience, mais les Stoïciens dont tu te prévaux n'ont-ils pas commandé de mourir dans l'action ? » Ainsi donc, je te semble, moi, prôner l'inertie ? Donnerais-je, contre mon gré, l'exemple d'un homme inoccupé, à l'abri dans son palais, ou qui s'adonne aux loisirs ? Sache que si je me suis retranché de la vie publique, si j'ai mis le verrou à ma porte, c'est dans le but de pouvoir être utile à un plus grand nombre de gens. Pas une de mes journées ne s'écoule à rien faire ; mes études dévorent mes nuits ; je ne me livre jamais au sommeil, j'y succombe ; et quand mes paupières, lourdes d'avoir trop veillé, s'affaissent, je les retiens encore pour continuer de travailler. J'ai dit adieu aux hommes et aux affaires, à commencer par les miennes. Aujourd'hui, c'est au profit de la postérité que j'œuvre ; c'est pour elle que je rédige quelques utiles leçons, quelques salutaires avertissements, comme autant de recettes chères que je confie au papier, pour en avoir, moi, Sénèque, éprouvé la vertu sur mes défauts : car si, en ce qui me regarde, la guérison n'a pas été complète, du moins le mal a-t-il cessé de s'étendre. J'indique à autrui le droit chemin que j'ai découvert sur le tard, lassé après de longues années d'errance. Et que dis-je, moi qui, aujourd'hui âgé de plus de soixante ans, ai joui et souffert toutes les réalités d'une vie d'homme, qui, né dans une province lointaine, maladif à quinze ans, pensais n'avoir que peu d'années à vivre, puis ai su faire ma place d'avocat dans Rome grâce à l'abondance de mon verbe, moi qui ai connu la gloire littéraire par mes tragédies et mes publications philosophiques, qui ai constitué une fortune imposante, qui ai défendu la place du Sénat au sein de l'empire et ai enduré pour cela le déplaisir de Caligula qui avait commandité ma mort, puis de Claude, lequel dernier, avec sa femme Messaline, m'a exilé huit années dans cette abominable île de Corse infestée de mouches, moi qui ai connu les honneurs et la déchéance, puis le pouvoir suprême aux côtés du jeune Néron, et qui, aujourd'hui, ne réclame qu'un peu de temps pour lui-même, que dis-je à ceux qui me lisent ? Je leur crie : « Évitez les biens qui séduisent le vulgaire, et tout ce qui dépend du hasard. Tenez tous ses dons pour suspects et tremblez d'y toucher. Ce sont des leurres. L'oiseau et le poisson meurent aussi en se laissant séduire par des appâts trompeurs. Les cadeaux de la fortune sont de même nature. Quiconque ambitionnera de passer sa vie en sûreté devra fuir ses bienfaits qui sont comme des entraves. Nous croyons les posséder, nous y sommes enchaînés. Notre course conduit à l'abîme ; la fin de cette vie, c'est la chute ; et s'arrêter en route n'est plus possible, dès lors que l'on cède au vertige de la prospérité. La fortune ne culbute pas l'homme ; elle le chavire et le fracasse.

Tenez-vous-en à un plan de vie qui soit aussi profitable au physique qu'au moral ; la nourriture doit apaiser la faim, la boisson étancher la soif, le vêtement préserver du froid, le logement abriter contre les intempéries. Que ce dernier soit construit de vulgaires pains de terre ou de blocs de marbre importés de l'étranger, qu'importe : nous sommes aussi bien à couvert sous le chaume que sous des tuiles d'or. Méprisez ces excès qu'on appelle ornements et décorations : dites-vous que dans l'homme rien n'est admirable que son âme, et que pour une grande âme rien d'autre n'est grand !

Si je destine ces paroles à moi-même, et si je les confie à la postérité, est-ce que je ne te semble pas plus utile que si je descendais au Forum plaider pour un client, ou apposer mon sceau sur des tablettes testamentaires, ou parrainer un candidat au Sénat ? Crois-moi : les sages qui paraissent ne rien faire font souvent plus que bien d'autres : ils traitent, tout ensemble, des choses de la terre et du ciel.

Les questions de ta dernière lettre, sous forme de reproches, m'incitent à aller plus loin. Je veux rédiger un bref traité de philosophie sur l'oisiveté, plus mûri et approfondi que la missive présente, qui répliquera aux attaques spontanées dont les hommes comme moi sont l'objet, venant d'ignorants qui condamnent hâtivement la vie contemplative d'un sage.

Tu aimerais aussi connaître mon sentiment au sujet de l'homme de Mégare qui ne ressentit rien à la disparition de sa ville et de sa famille, et fit cette réponse étonnante : « Je n'ai rien perdu, tous mes biens sont avec moi » ? Cet homme ne m'est pas inconnu. Son histoire se trouve chez Épicure et j'en ai fait mention dans mon opuscule sur la *Constance du sage* ; il s'agit du philosophe Stilpon, disciple de l'école fondée par Euclide de Mégare. Épicure s'en prend ouvertement à lui, comme à tous ceux qui logent le « bien suprême » dans une âme impassible qui ne souffrirait jamais de rien. Sa famille disparaît et pas une larme ? Je diffère moi aussi de Stilpon et de ses condisciples en ceci que mon idée d'un sage veut que, bien entendu, il remporte la victoire sur toute espèce de chagrin (et la perte des siens est le plus lourd à porter), mais qu'il ait, au préalable, éprouvé sa peine, le leur ne le ressent même pas ! Ton pêcheur te dit avoir sangloté à la mort de sa femme ? Et moi ? J'ai pleuré celle de mon père que j'estimais tant, celle de ma tante qui m'a soutenu au cours de ma jeunesse, j'ai souffert atrocement, du temps de mon exil corse, de la disparition en bas âge du seul enfant qu'il m'ait été donné d'avoir, et je passe sur mille autres plaies saignantes qui m'ont taraudé. Ce qui importe, c'est de s'être préparé aux assauts inéluctables de l'infortune et de savoir les dépasser à temps.

Cependant, pour en revenir à Stilpon, je le suis lorsqu'il dit : « Tout ce qui est à moi est en moi. » Car le véritable sage sait se contenter de lui-même. Mais cette maxime, « le sage se contente de lui », mon cher Marcus, la plupart des gens l'interprètent de travers : ils veulent dissocier le sage du reste du monde et le confiner, en égoïste, à l'intérieur de sa peau. Distinguer le sens et la portée de ce que promet cette maxime est primordial. Le sage se suffit pour vivre heureux, certes, mais non pour vivre tout court ! Dans ce dernier cas, en effet, il a de nombreux besoins (les amis, les femmes, les enfants, la Cité) ; dans le premier, il ne lui faut qu'un esprit sain, élevé, apte à supplanter l'Infortune.

Tant qu'il est libre de régler sa vie à sa guise, le sage se contente de lui, mais prend une femme ; le sage se contente de lui, mais il a des enfants ; le sage se contente de lui mais, cependant, il ne saurait vivre s'il lui fallait être sans personne. Nulle part, ni les Stoïciens ni moi, nous ne disons : « La retraite studieuse pour tous, quittez toutes vos fonctions, tournez le dos à la vie concrète, démissionnez de la vie de la Cité, renvoyez vos proches, niez ce qu'il y a de plus précieux dans l'humanité, c'est-à-dire la personne humaine ! » Nous n'avons, pas plus que d'autres, vocation à nous métamorphoser en statues. Ai-je jamais prôné de nous enterrer vivants ? Ai-je donné cet exemple, ma vie durant ? Ne m'a-t-on pas suffisamment reproché mon faste quotidien, mes trois cents millions de sesterces et mes multiples concubines !

Mais enfin, pour en terminer avec Stilpon et river définitivement le clou à ton hôte pêcheur qui se croit le droit d'ironiser sur « son cœur froid et ses yeux secs », l'honnêteté me contraint de replacer les choses dans leur contexte. Démétrius, général macédonien, lieutenant d'Alexandre le Grand, mit à sac et incendia Mégare, la ville natale de Stilpon. Ce dernier fut le seul à réchapper du déluge de flammes ! Il laissait dans le brasier sa femme et ses enfants, et tout son patrimoine. Voyant cet homme couvert de cendres émerger du feu, Démétrius, environné de ses troupes victorieuses, s'approcha pour lui demander, avec une morgue superbe, s'il avait subi quelque perte ? Alors Stilpon fit cette réponse : « Non, je n'ai rien perdu car tous mes biens sont avec moi. » Voilà l'homme courageux et résolu ! Voilà un héros ! Dans cette réponse, c'était la victoire même de Démétrius sur Mégare qu'il vainquait. « Je n'ai rien perdu », dit-il, et il réduit son ennemi à douter de sa conquête. « Tous mes biens sont avec moi », et il fait sien ce principe qui nous enseigne, à bon droit, qu'un bien ne se tient authentiquement en notre possession que dans la mesure où rien ni personne ne saurait nous le ravir. Tels la sagesse, la tempérance, le courage, la justice. Cet homme qui, debout au milieu des glaives, des écroulements, des incendies, s'échappe sans blessure et sans perte, et tient tête au conquérant qui lui a tout enlevé, est vraiment immense. Il est parfois plus aisé de vaincre une nation tout entière qu'un homme seul !

À ce stade, je gage que ton esprit « en germination » s'est déjà fait une meilleure opinion de Stilpon, l'homme dont l'inhumanité t'horrifiait hier. Ne serais-je donc pas le seul de nous deux à faire preuve de contradiction ? Tu sembles craindre pour ton esprit. Ne t'effraie pas à l'excès de ses volte-face. Moi-même, j'ai longuement erré avant de trouver mon chemin et d'arrêter des idées que je puis désormais revendiquer.

Pour l'heure, sois patient, apprends à apprendre, fortifie-toi ; tu jugeras plus tard.

Porte-toi bien.

Lieu tenu secret, 26 octobre 63

Cher Sénèque,

Il y a cinq jours, le bruit d'une foule en marche m'a tiré de ma lecture de Chrysippe. Ma gorge s'est aussitôt serrée à la vue de six licteurs qui passaient en file près de la maison de mon pêcheur, portant haut leurs faisceaux et escortant le propréteur sur une litière. Voilà que tous les attributs de la justice, un peu passés de mode à Rome mais toujours vivaces dans ces provinces arriérées, défilaient sous mes yeux !

La foule, constituée des habitants du cru, forcissait derrière le propréteur ; j'entendis : « Ils ont arrêté le borgne chez Pauperus. Il doit être contraint aux verges, puis à la décapitation ! Il a gravement insulté Néron ! »

L'évocation d'une exécution suffit à échauffer les têtes, même celles que j'aurais crues rétives à ce genre d'exhibition. Mon pêcheur et son fils ont remis leurs travaux à plus tard et m'ont entraîné à leur suite pour ne rien manquer de la mise à mort.

La journée était lumineuse, le ciel était clair, des enfants et des chiens jouaient sur le bord de la route. Il est indiscutable que par ici une tête qui tombe est aussi divertissante que les jeux de la Victoire qui t'ont révolté à Rome, cher maître.

Imagine ton ami Marcus embarqué et obligé de faire bonne figure, de joindre ses reproches à ceux de la foule contre l'homme éhonté qui a osé s'en prendre à l'empereur ! M'y ferai-je jamais ? Le peuple raffole de Néron. Tous le disent : celui-là a perçu l'an passé deux bons pour du blé, untel, un bon donnant droit à une bête de somme, tel autre a un frère dans l'armée qui se réjouit, à intervalle régulier, des gratifications que l'empereur fait pleuvoir sur ses soldats. Néron achète son peuple, qui se vend sans scrupule, et Rome renonce à ce qui faisait Rome.

Les licteurs et le haut magistrat se sont arrêtés devant la maison d'un certain Pauperus ; sous son toit, un homme de quarante ans, un œil énucléé, de forte constitution, avait été ligoté à une poutre ; me croiras-tu si je te dis qu'il s'agissait d'Aetius Gorgippide, ce poète qui a placardé sur les murs de Rome sa satire relatant les amours incestueuses de Néron et d'Agrippine ? Gorgippide a été arrêté et incarcéré au Tullianum d'où il s'est échappé dans les circonstances que l'on sait, déguisé en femme, après avoir accordé maintes privautés à ses geôliers qui ne l'avaient pas reconnu. Gorgippide en fuite a continué d'écrire et de chercher à faire lire ses vers ; il a été dénoncé à Trieste par un capon de libraire. Un homme près de moi devant la maison de Pauperus a déclaré que si Gorgippide s'était exilé en Dalmatie, jeune province qui s'occupe encore peu de la justice romaine, il serait toujours libre aujourd'hui. L'exécution de Gorgippide, condamné au fouet et à la décapitation depuis quatre années, n'a pas traîné, au grand plaisir de la foule qui s'impatientait de voir couler le sang. Les licteurs ont accompli leur besogne ; d'abord cinquante coups de verges, ponctués par cinquante vivats de l'auditoire. Le fils de mon hôte, ce jeune garçon dont l'air petit homme et sagace m'avait touché, réclamait, en chœur avec ses voisins, davantage de poigne de la part des bourreaux. Moi-même, pour ne pas paraître suspect, je battais des mains en cadence et dus laisser éclater ma joie au moment où le propréteur réclama que la hache fût avancée. Le licteur s'y est pris à trois fois avant de réussir à faire rouler la tête de Gorgippide ; du bonus pour le public. La foule scandait le nom de Néron, le propréteur pouvait être satisfait, il enverrait un rapport flatteur à Rome et attendrait sa prime avec confiance. Le sang avait donné soif : il y eut banquet. Une idée me taraudait : ces hommes de la mer, s'ils découvraient jamais mon identité et ma situation, n'hésiteraient pas un instant à me lier à une poutre comme Gorgippide, ne serait-ce que pour la promesse de manger gratis après ma mort.

Au beau milieu de la nuit suivante, quand la population cuvait sa soûlerie, je me suis enfui. Le conseil d'aller se terrer en Dalmatie n'était pas perdu pour tout le monde.

Je suis arrivé ce jourd'hui aux portes de la ville de Salone, dans cet ancien pays d'Illyrie devenu province romaine sous le règne d'Auguste.

Las, la distance ne cesse de s'agrandir entre Sénèque et Marcus.

En espérant impatiemment te lire de nouveau, je reprends tes missives précédentes et je m'émerveille. J'y découvre des perles de sagesse qui ne se révèlent qu'à la relecture. Tu l'as dit : « Arrête un choix d'écrivains et pénètre-toi lentement de leurs œuvres, si tu vises à en tirer quelque chose qui te demeure durablement dans l'âme. »

À Rome, 5 novembre 63

Cher Marcus,

C'est ainsi, ta dernière lettre sur Gorgippide et l'attroupement venu jouir de sa mort me donne raison, je ne change pas d'avis : fuis la foule, fuis le petit nombre, fuis même la compagnie de l'homme solitaire ! Je ne sache personne avec qui je veuille voir Marcus entrer en relation. Vois toute l'estime que je te porte : j'ai l'audace de te confier à toi-même.

Cratès, à ce que l'on rapporte, le disciple de ce même Stilpon dont nous nous sommes entretenus, voyant un jeune homme se promener à l'écart, lui demanda ce qu'il faisait là tout seul : « Je parle, répondit l'autre, avec moi-même. – Prends garde, je te prie, et fais bien attention, reprit Cratès, car c'est avec un homme mauvais que tu parles. »

La prudence veut que l'on n'abandonne pas sans surveillance un homme qu'on sait en proie au désespoir ou à l'affolement, de peur que sa solitude ne lui trouble davantage l'esprit et ne le pousse à commettre l'irréparable. Pareillement, les gens irréfléchis ne doivent pas rester sans personne, car c'est seuls qu'ils brassent leurs projets funestes, ourdissent des combinaisons dangereuses soit pour les autres soit pour eux-mêmes. C'est dans la solitude que les passions criminelles tirent leurs plans, que tout ce que l'âme a enfoui, par crainte ou par répugnance, refait surface. Mais je sais ton grand cœur et ta force. À la lecture de tes lettres, je me félicite et me dis : « Cela n'est point dit du bout des lèvres ; il y a du fond sous ces paroles. Cette âme-là aspire à la vraie vie ! »

Dans ta dernière lettre, tu mentionnes les folles gratifications versées par Néron sur la tête des soldats et des provinciaux pour conquérir leur sujétion. Penses-tu qu'il s'inquiète de voir le Trésor se vider ? L'empereur s'est entiché d'un aventurier qui lui promet d'aller mettre au jour l'immense trésor emporté par la reine Didon, lors de sa fuite de Tyr, et resté introuvable en Afrique depuis des siècles. Néron s'en croit déjà le détenteur et dépense plus que jamais. Il tient les avares en horreur et loue publiquement son oncle Caligula d'avoir su dilapider en peu de temps les immenses richesses accumulées par son prédécesseur, Tibère le lésineux.

Exemple magnifique de la folie ambiante que pratique Rome : sache que Locuste, cette empoisonneuse, âme damnée d'Agrippine et de Pallas, puis de Néron, comptant l'empereur Claude et le prétendant Britannicus sur son sinistre tableau de chasse, a reçu de vastes domaines de la main du Prince et a été autorisée à avoir des élèves au sein d'une école calquée sur celles des philosophes !...

Au milieu de ces scandales, Néron passe ses journées avec Terpnus son maître de chant et de cithare, et se prend pour Apollon et pour Horus.

Que puis-je ajouter ? Rien, sinon m'empresser de te ramener à de plus hautes idées.

Voici pour toi une maxime que j'ai puisée aujourd'hui chez Athénodore : « Tiens-toi pour délivré de tous les mauvais désirs le jour où tu seras parvenu au point de ne rien demander au ciel que tu ne puisses demander à la face de tous. » Car aujourd'hui, ô comble de la démence ! les prières les plus honteuses s'entendent tout bas dans les temples, tout le monde supplie Dieu de faire quelque chose contre quelqu'un ; si un importun prête l'oreille, vite on se tait ; ce qu'on ne voudrait pas confier à l'un de ses semblables, on le raconte aux Immortels ! Veille à respecter cette devise salutaire : *Vis avec les hommes comme si Dieu te voyait, parle à Dieu comme si tous les hommes t'entendaient.*

Porte-toi bien.

Lieu tenu secret, 20 novembre 63

Cher Sénèque,

Après avoir fait halte à Albona, Lopsica et Jader, me voilà sur un territoire idyllique qui s'étend de Scardone à Salone, la nouvelle capitale proconsulaire, en pleine province de Dalmatie, le long de la côte adriatique.

Comme moi, je gage que tu as déjà entendu des hommes s'exclamer, à un moment de leur existence :

« Je quitte mon nom ! Je laisse cette vie, je pars à l'aventure, je recommence depuis rien ; demain, à la grâce des dieux, je serai un autre ! » C'est un vœu séduisant que d'*être et ne pas avoir été*, mais rares sont les personnes qui s'y tiennent. Pourtant, sache que Marcus Scaurus jouit chaque jour de cette folle liberté. À chaque entrée dans une nouvelle ville, je puis m'inventer un nom, une famille, un métier, une destination différents. L'autre jour, des Dalmates conversaient entre eux au sujet d'un envoyé du proconsul qui devait venir inspecter leurs nouveaux chantiers navals. Il s'en fallut de peu que je me fasse passer pour lui !

Aujourd'hui, je t'écris de Salone. La ville a été fraîchement rebâtie. Le pouvoir romain y siège ; je pensais dénicher quelques librairies. Je n'ai découvert qu'un marchand de breloques qui conservait dans son arrière-boutique de piteux rouleaux de textes grecs sans intérêt. J'insistai pour du latin, il m'a proposé un texte de toi, ta *Transformation de l'empereur Claude en citrouille* dans laquelle tu tailles des croupières au prédécesseur de Néron. J'ai finalement déboursé huit sesterces pour un volume poussiéreux de Virgile, faute de mieux et pour ne pas avoir fait toute cette route en vain.

À Salone, je réside dans une auberge aux chambres assez saines et d'un tarif modéré, au cœur de ce qui semble être le quartier des plaisirs.

Je suis resté insensible aux tentations de la rue, même si les Illyriennes qui circulent sous ma fenêtre ont l'air beaucoup plus propres que les belles de nuit romaines ; au lieu d'y aller voir de plus près, j'ai ouvert, seul dans ma chambre, ces *Géorgiques* à peine achetés.

Tu devines ce qu'il en a été : instantanément, l'âme virgilienne a déteint sur moi. Son appel irrésistible au retour à la simplicité de mœurs de nos ancêtres ne peut pas ne pas émouvoir. Page après page, je me prends à rêver : il me semble qu'en suivant à la lettre les préceptes d'agriculture que Virgile diffuse dans son poème, là pour rendre la terre fertile au gré des saisons, là pour élever des abeilles, là pour tailler les vignes ou faire pâturer les bêtes, je pourrais, en acquérant un petit lopin que nul ne convoite, être le plus heureux des hommes.

J'ai l'impression que ce livre a été mis sur ma route par la Fortune. Oui, Sénèque, ma décision est prise, je vais me trouver un quart d'hectare où poser mes pénates. Mes nouveaux pénates ! Marcus troque le bonheur d'un sénateur pour celui d'un paysan !

J'en étais là de mes rêves, poursuivant ma lecture jusqu'au milieu de la nuit, lorsque j'ai entendu des éclats depuis la rue.

Non pas le vacarme habituel des muletiers et des chars à bras qui s'approprient Rome à la nuit tombée : on tuait un homme.

J'ai été seul à sortir voir. La rue avait été désertée. Dans l'ombre, quatre hommes rouaient de coups un malheureux étendu face contre terre. Est-ce la lumière échappée de ma porte ou l'impression que j'étais accompagné ? Les agresseurs ont déguerpi. J'ai rentré le blessé inconscient en le portant sur mon dos. Il devait avoir dix-sept ou dix-huit ans, vêtu de toile grossière, un visage très beau, encore efféminé par la jeunesse, étrangement épargné par ses agresseurs. De cet éphèbe de province, Catulle aurait fait un poème et Caligula une bouchée ! J'ai lavé ses plaies saignantes avec l'eau pure du Jadro, puis l'ai quitté un instant afin d'aller chercher des linges propres ; à mon retour, l'inconnu avait disparu !

Comprenne qui pourra.

J'ai compris.

Plus tard dans la nuit, je m'étais assoupi, sans penser davantage à ce dernier événement, lorsque la porte de ma chambre fut emboutie ; j'aperçus, effaré, un sergent et trois soldats en armes. Ils me lièrent les mains et m'emportèrent.

Malmené, sans que l'on réponde à mes questions, je fus traîné dans Salone jusqu'à un bâtiment que je devinai, par sa magnificence, être celui du proconsul. C'en était fait de moi. Comment avais-je pu être découvert, et par qui ? M'être terré si loin pour être repris si vite ? Trahi par ma passion de lire.

Le premier soleil pointait à peine, la demeure était silencieuse. J'attendais d'être jeté dans une cellule souterraine, puis interrogé en présence du maître des lieux : je me retrouvai dans une chambre en tout point somptueuse ! Que dis-je somptueuse, mon père, ce grand dépensier, au plus haut de sa fortune, n'en a jamais connu de si admirable. Sa taille seule contenterait des Romains en recherche d'un bel atrium. Laissé seul, et libre – la porte n'était pas verrouillée –, je ne cessai pas de m'inquiéter. Où étais-je ? Au travers des fenêtres se découvraient une cour de marbre et d'eau, des jardins, une serre et une chapelle de Vénus cernée d'ifs centenaires. Le temps passait et nul ne venait me tirer de ma perplexité. À bout de forces, je finis par m'étendre. Impossible de dormir. Toutefois, occupé par mes pensées, je n'entendis pas la porte de la chambre s'ouvrir et quelqu'un s'avancer jusqu'à mon lit.

Une toute jeune femme se plaça devant moi. Elle portait une fine tunique sans ourlets serrée à la taille, une coiffure en étage piquée de fleurs venues de la serre, et avait les pieds nus. J'eus droit à un sourire puis elle frappa dans ses mains. Une flopée d'esclaves parut, les uns portant un bain en bois verni, d'autres les seaux d'eau chaude pour le remplir ; une enfant enfin vint déposer des habits neufs sur mon lit. Ce ballet dura un instant et nous nous retrouvâmes seuls, l'inconnue et moi.

— J'ai ordre de m'occuper de vous, me dit-elle.

Par je ne sais quel jeu secret de ficelle pincée du bout des doigts, sa tunique tomba à terre et la créature, souriante, se laissa contempler toute nue !

Des seins à faire bander tout un aréopage.

Sans que je disse un mot, elle me délivra de mes loques de voyageur et me conduisit au bain.

Au sortir de l'eau, elle m'offrit, de sa bouche en cœur, une « ponction réconfortante » lente, précise ; peut-être la plus savante qu'il m'ait été donné de connaître. Une telle maîtrise vaudrait des sacs d'or à Rome !

Ma Vénus se revêtit, souhaita à ton ami une journée agréable et disparut. Avec ses petits pieds nus sur le marbre rose, elle ne marchait pas, elle dansait.

Tout cela aurait pu n'être qu'un rêve. D'ailleurs, dans mes rêves, je vis des choses merveilleuses sans professer la moindre parole, ce qui fut le cas.

Un instant plus tard, je fus enfin convié à sortir de la chambre. Un vieil affranchi me lança, avec humeur : « Le maître attend. »

Quel maître ? Où étais-je tombé ? Et pourquoi ?

Toutes les réponses à mes questions se trouvaient dans le triclinium. Pièce somptueuse avec des mosaïques au sol, des statues en bronze de Corinthe et des peintures murales célébrant l'Arcadie. La table et le lit à neuf places de la salle à manger étaient ovales. J'y trouvai l'homme de la maison, un certain C. Grannus, ancien suppôt de Séjan ayant fui Rome à temps et devenu richissime grâce à l'exploitation du savoir-faire des Dalmates dans la construction navale. Ce Grannus était seul avec sa femme, une « Julia » dit-il en se vantant, mais j'aperçus sur la table du pain, des figues, des raviers de confiture et des coupes d'eau disposés pour cinq convives. Je pris ma place. Grannus me dit qu'il m'était très reconnaissant d'avoir secouru son fils la nuit dernière. « Ce sacripant n'aime rien comme d'aller errer la nuit dans les bas quartiers de Salone et s'attirer de mauvaises histoires. Il a échappé hier à la vigilance de ses gardes du corps. Voilà pourquoi les choses ont mal tourné. Ils l'ont découvert dans ton auberge et l'ont ramené chez lui. Sitôt ses esprits recouvrés, Attale – c'est son nom – a mentionné un bienfaiteur à qui il devait la vie. J'ai alors fait réveiller la caserne de Jadro et l'ai lancée tout entière à sa recherche, avec la promesse d'une belle prime. En définitive, c'était toi. Quel est ton nom ? » J'ai donné celui de Félix. « Es-tu citoyen romain ? » s'inquiéta-t-il soudain, comme avec un temps de retard. Je répondis que oui. Il fit alors un grand sourire et s'écria : « Considère que tu es ici chez toi ! »

Pendant le cours du repas, j'expliquai, en inventant mille détails pour donner de la consistance à mon personnage, que j'étais un ressortissant de Lyon parti depuis l'été en direction de la Grèce (pourquoi pas ?) afin de parfaire une éducation libérale commencée sur le tard. Un esclave s'approcha de moi pour me demander si, bien que son maître et sa maîtresse se contentassent, comme tout bon Romain, d'un petit déjeuner frugal, je désirais des plats supplémentaires. La cuisine était ouverte et il me proposait un gâteau au fromage, un hachis de poisson, une langouste, des becfigues au jaune d'œuf, une huppe farcie ou des paupiettes de ventre de truie à la façon d'Apicius. Je déclinai ce banquet étonnant avec un large sourire. N'étais-je pas le même homme qui, hier encore, aspirait à vivre comme un paysan modeste selon Virgile, nourri du fruit de sa terre, et qui se retrouvait aujourd'hui dans un palais au luxe effréné, en compagnie d'un armateur qui lui offrait tous les raffinements imaginables ? Sénèque, soit les dieux me veulent du bien, soit ils ont décidé ma perte !

Le fils Attale est venu à nous. Il s'agissait bien du jeune homme que j'ai ramassé cette nuit dans la rue. Il s'est assis à ma hauteur, soutenu par un esclave, et m'a salué et remercié avec beaucoup de tact.

Bientôt après j'ai vu apparaître la fée qui m'avait gâté avec tant de bonne grâce. Elle alla jusqu'à l'oreille de la femme de Grannus et lui souffla quelques mots. La matrone (toute Julia qu'elle soit, elle me fait penser à un bœuf !) haussa les épaules et congédia la fille d'un geste irrité. Cette dernière ôta de la table la coupe et l'assiette du cinquième convive et s'éloigna. Je regardai l'esclave quitter la pièce, toute d'air envolée.

Attale surprit mon regard et me sourit. Je me penchai alors et le remerciai à mi-voix pour la délicieuse attention qu'il avait eue à mon égard. Il ne comprit pas de quoi je parlais. J'évoquai la fille qui venait de nous quitter. Il sourit enfin, hocha la tête et me répondit, goguenard : « Ce doit venir de ma sœur ! Cela lui ressemble assez. Marcia. Ma sœur jumelle. » Je demandai si elle paraîtrait au petit déjeuner. Attale haussa les épaules : « Sans doute pas. Mais tranquillise-toi. Tu la connaîtras bien assez tôt ! »

Interloqué, je contemplai le visage de ce garçon et l'imaginai sous la peau d'une jeune femme. Par Hercule, Marcia doit être un rêve !

« Ce doit venir de ma sœur. Cela lui ressemble assez. »

Il a piqué ma curiosité, le bougre !

À Rome, le 1er décembre 63

Cher Marcus,

Tes lettres sont ainsi faites : je n'ai pas le temps de m'inquiéter pour toi que déjà tu me rassures, je voudrais pleurer et tu me fais rire, je te crois perdu, condamné aux gémonies, et te voilà gâté par une Vénus !

Aujourd'hui, apprends que je suis allé visiter ta mère, en secret, afin d'honorer ma promesse de la tenir informée de tes tribulations. Rassurée sur ta santé et ta sécurité, elle m'a demandé si mes propos de censeur te bonifiaient. J'ai cru pouvoir dire que oui, mais je te renvoie la question, cher Marcus, et attends ta réponse.

On prétend, non sans garanties, que Néron se serait mis en tête de voyager à Naples à la fin de l'hiver, avant de se rendre en Achaïe. Il brûle de se montrer sur scène ; pour cela, seule la province convient ; à Rome, le scandale serait trop important, nul ne tolérerait de voir son empereur se comporter comme le dernier des histrions et insulter la dignité impériale. Naples est une ville très hellénisée qui se flattera de la présence du maître. Elle raffolera d'entendre sa voix grêle et applaudira ses vers boiteux de poétereau. Il faudra que l'empire s'y fasse : Néron se considère comme le plus grand citharède de son temps.

Je suis allé me reposer dans ma maison de campagne, située près de Rome. Après ma visite à Calvina, j'ai songé que l'âge n'avait aucune prise sur ta mère ; elle demeure le miroir de sa jeunesse. J'aimerais pouvoir en dire autant de Sénèque. Hélas, ces jours-ci, où que je me tourne, tout me rappelle que j'ai vieilli.

À mon arrivée à Nomentum, je me suis plaint auprès de mon jardinier des sommes de plus en plus importantes qu'il engloutit pour l'entretien de ma propriété. Le bonhomme m'a affirmé qu'il ne commettait aucune négligence, qu'il faisait tout le nécessaire, mais que le bâtiment était vieux et requérait beaucoup de soins. Comment, vieux ? N'est-ce pas moi qui l'ai fait construire, cette bâtisse ? Que vais-je devenir, si des murs qui ont mon âge s'en vont déjà en poudre ? Vexé, j'ai saisi la première occasion de manifester ma mauvaise humeur à cet impudent : « Là, lui dis-je, on voit bien que ces platanes sont négligés ; que sont ces branches noueuses et rabougries ? Que sont ces troncs affreux et couverts de mousse ? Cela n'arriverait pas si l'on prenait le soin de bêcher la terre autour de leur pied, si on les arrosait ! » Lui jura par mon bon génie qu'il faisait tout ce qu'on peut y faire, qu'il n'omettait aucune attention, mais qu'ils étaient *un peu vieux*. Par Jupiter, Marcus, c'est moi qui les ai plantés ces arbres, c'est moi qui ai assisté à leur première frondaison !

Las, je me tournai vers l'entrée de ma maison : « Et maintenant qui est-ce, celui-ci ? demandai-je au sujet d'un vieux décrépit qui campait devant ma porte. S'il a un pied chez moi, l'autre est à coup sûr au cimetière ! — Comment ? Tu ne me reconnais pas ? répondit l'intéressé. C'est moi, Félicion, le fils de Philositus, ton régisseur, ton petit préféré, à qui jadis tu apportais des jouets ! — Allons bon ! m'exclamai-je. Tu divagues, malheureux. Toi, ce poupon-là, mon petit favori ? »

Au final, il pourrait bien en être ainsi. Marcus, les dents lui tombent !...

C'est ainsi, je dois à cette maison de campagne d'avoir vu, de tous les côtés, ma vieillesse me sauter aux yeux.

Eh bien donc, puisqu'il le faut, embrassons-la et aimons-la, cette vieillesse. Elle est pleine de douceurs si on sait en user. Les fruits n'ont-ils pas plus de saveur au moment de tomber ? L'enfance ne jette-t-elle pas ses plus beaux feux à l'heure où elle s'achève ? Pour les buveurs, la dernière rasade est la plus jouissive, celle qui les noie, qui rend l'ivresse complète. Ce qu'a de plus aigu toute volupté, elle le réserve pour la fin. Le grand charme de la vie vient à son déclin ; je ne dis pas au bord de la tombe, quoique, même suspendu devant le grand précipice, elle ait, à mon gré, ses plaisirs ; mettons que ce qui remplace opportunément les plaisirs, c'est qu'on n'en désire plus aucun. Qu'il est doux d'avoir lassé ses passions, de les avoir abandonnées en route ! Je sais qu'à ton âge, Marcus, cette idée est révoltante. Pourtant, quelle liberté...

« Mais il est triste, dit-on, songeant aux miroirs, d'avoir toujours la mort devant les yeux ! » D'abord, elle doit être autant devant les yeux du jeune homme que du vieillard : la Parque ne nous choisit pas en fonction de notre âge ; et puis on n'est jamais tellement vieux qu'on ne puisse espérer impunément le cadeau d'un jour supplémentaire. Or un jour, dans la vie, c'est un grand pas.

Le gouverneur Pacuvius, qui fut si longtemps maître de la Syrie, présidait lui-même aux libations et au banquet de ses funérailles ; il se faisait porter de la table au lit, aux applaudissements de ses amis de débauche, et l'on chantait en grec, au son des instruments : *Il a vécu ! Il a vécu !* Il s'enterrait, cet homme, tous les jours. Ce qu'il faisait par dépravation, faisons-le dans un bon esprit ; et – puisque tu m'as mentionné le grand Virgile – en nous livrant au sommeil, disons, satisfaits et joyeux, ces mots que le poète remit dans la bouche de Didon expirant : « J'ai vécu, jusqu'au bout, j'ai parcouru la carrière que m'avait prescrite la Fortune. »

Si les dieux nous octroient un lendemain, soyons heureux de le recevoir. Il jouit pleinement de lui-même, et avec sécurité, celui qui attend l'aube sans inquiétude. Qui dit le soir : « J'ai vécu » peut dire le matin : « Je gagne une journée ».

Néanmoins, contrarié par mon jardinier, j'ai refusé de m'éterniser dans cette maison de campagne qui, cet hiver, fait tout pour blesser mes cheveux blancs.

Je suis retourné à Rome. Sans que je le sache, un ami que je vois trop peu souvent m'y attendait. Je veux parler de Lucilius Iunior. L'homme est un haut fonctionnaire, de dix ans mon cadet, procurateur de Sicile, poète à ses heures. Nous nous connaissons depuis l'époque de la conjuration des sœurs de Caligula avec Gaeticulus, commandeur des troupes de Germanie supérieure où Lucilius accomplissait son service militaire. Aujourd'hui je l'incite à lâcher ses fonctions officielles et à accorder un peu de temps à la philosophie. L'homme est revenu à Rome au sujet d'un procès qu'on lui fait et qui le tracasse.

Si je te parle si longuement de Lucilius, c'est parce que cela te concerne.

Il m'a demandé, comme à son habitude, sur quels ouvrages je travaillais. J'ai évoqué ces *Questions sur la Nature*, gros labeur qui occupe mes heures, mais aussi ce traité de l'oisiveté que tu as suscité sans le vouloir.

« Seulement, dus-je reconnaître, autre chose me tient véritablement à cœur. Jamais je n'ai pris autant de soin à écrire et à peser mes pensées. — Est-ce un traité ? Une tragédie ? Des poèmes ? Un dialogue philosophique ? — Non. »

J'ai confiance en Lucilius, aussi est-ce sans crainte que je lui ai montré notre correspondance clandestine. Tranquillise-toi, il est le premier, et sera le seul, à percer notre secret.

Lucilius nous a lus, la nuit durant. Au matin, il m'a fait cette remarque sur la copie de mes lettres : « Jamais Sénèque n'a si bien exprimé sa doctrine pratique de la vie. Tu n'as vécu toutes ces années, lu tous ces livres, souffert tous ces maux, semble-t-il, que pour pouvoir aujourd'hui, à l'heure de la retraite, et libéré des tracas du palais et des ambitions des honneurs, t'adresser en philosophe à tout un chacun. Ces lettres précieuses ne doivent pas être perdues pour le plus grand nombre. »

Je lui fis valoir qu'il s'agissait d'une correspondance privée, ne respectant aucune convention littéraire et que – là était ma principale préoccupation – elles ne sauraient être rendues publiques sans compromettre dangereusement ta situation.

« Seules tes missives seraient connues, me fit remarquer Lucilius. Ces lettres de Sénèque surpasseraient en qualité celles d'Épicure à Ménécée et à Pythoclès ! S'il faut les entourer de prudence, assigne-leur un destinataire plus quelconque. Je peux me proposer, si tu le souhaites, nous ferions concorder les dates, de telle sorte que tu me les aurais adressées en Sicile ! Je ne me propose pas à la légère. Chacun à Rome connaît notre vieille amitié. Beaucoup savent que tu souhaiterais me voir embrasser la philosophie. Réfléchissons-y. À moi ou à un autre, qu'importe les précautions choisies, pourvu que ces lettres soient offertes aux lecteurs ! Ne te dois-tu pas à tes contemporains, et aux siècles qui attendent, Sénèque ? »

J'avoue que j'incline beaucoup à ce projet. La flatterie de Lucilius au sujet d'Épicure n'est pas seule en jeu. Je suis séduit à l'idée de pouvoir reprendre certaines lettres, les réécrire, parfois apporter des compléments de doctrine qui, entre nous, eussent été déplacés, en rédiger de nouvelles… Faire œuvre en somme. Mais surtout, j'aimerais que cette touche intime et affectueuse que je te réservais, et qui semble avoir tant ému la lecture de Lucilius, ne soit pas perdue. Alors oui, ces lettres pourraient avoir une qualité supérieure à toutes les autres. Non pas pour ce que j'y mets, mais parce qu'elles proviennent du cœur.

Donne-moi ton sentiment sur ces possibles *Lettres à Lucilius.*

Porte-toi bien (et gare à la sœur d'Attale !).

Lieu tenu secret, 11 décembre 63

La sœur d'Attale, cher Sénèque, mérite tous les détours de la terre ! Elle pourrait être le prétexte à une longue élégie amoureuse. D'abord son enveloppe : belle, plantureuse, elle ne craint pas de s'entourer de suivantes ravissantes, n'ignorant pas combien elle est magnifique par ailleurs ; elle me fait penser à ce vers de Cratinos composé pour Aspasie : *une pute aux yeux de chienne* ; Marcia prend des poses qui ne feignent pas de montrer ce qu'on cache d'ordinaire, mais, sitôt qu'un regard s'attarde, elle devient prête à mordre ; ce petit air de tête, ce chaud et ce froid ont de quoi rendre fou le plus chaste des hommes. Étrangement, si elle ressemble beaucoup à son jumeau, des deux, c'est elle qui a hérité de la note masculine ; troublant. Mince, il faudrait la sculpter ou la peindre. Après l'enveloppe, venons-en à l'esprit : elle s'ennuie à mourir. Pas un jour ne se passe sans qu'elle défie la Fortune pour l'avoir terrée dans une ville aussi commune que Salone. Marcia prétend que ses talents se consument loin de Rome. Elle noie sa mélancolie sous les sensations fortes. C'est elle qui impose que la cuisine soit ici opulente à n'importe quelle heure du jour et de la nuit, que les meilleurs vins remplissent la cave de son père, que les plus coûteuses étoffes, le mobilier le plus rare, soient importés de tous les coins de l'empire, que des suivantes, toutes licencieuses et belles, la couvent constamment. Mais cette dépense de luxe et de plaisirs ne lui offre que des joies mort-nées ; Marcia n'a personne avec qui les partager, personne devant qui faire assaut de vanité.

Il me fallut attendre la nuit, longtemps après le dîner, pour voir la mystérieuse sœur jumelle d'Attale paraître dans ma chambre. J'appris de sa bouche qu'elle m'avait envoyé l'une de ses esclaves dans le seul dessein de m'évaluer. Il semble que l'inspection ait été concluante ; Marcia m'a assailli. Elle fait l'amour comme une femme mariée, sans se dévêtir de ses voiles. Pris de court par sa nervosité – la gouape ne désire pas être ménagée – j'ai vite regretté le tact infini de sa suivante ou la douceur de ma paysanne du hameau de Tiburce ; Marcia est une amante pressée, agitée, en quête de je ne sais quel exploit. Elle s'ébat et vibre ; j'ai eu l'impression d'être le passager d'une course de chars. Sans doute faut-il accepter d'entrer dans son jeu pour la savourer. Las, le cœur m'a manqué.

En réalité, la curiosité passée, tout me lasse dans cette demeure trop vaste et trop chargée. Je ne refuse nullement de profiter d'un bon lit, de beaux linges, ni de goûter à des mets variés, mais je ne me laisse plus posséder par eux. Ma mère t'a demandé, Sénèque, si ton enseignement agissait ? Je t'en donne une preuve éclatante. Aujourd'hui, au milieu des plaisirs faciles et gratuits, je caresse sans crainte l'idée de retourner à la sobriété et à la tempérance. J'y vois une formidable conversion de ma part. Depuis le début de notre correspondance, je compte peu de victoires. Aujourd'hui je le proclame : il est changé, Marcus Scaurus !

Si je rencontrais ton ami Lucilius, je le serrerais contre mon cœur pour avoir su reconnaître si spontanément ce que je savais de longue date, à savoir que tes lettres sont merveilleuses et mériteraient d'être offertes à tous ceux qui se demandent, d'une ardeur honnête : *Qu'est-ce que vivre et comment être heureux ?* Tu leur réponds que la Nature est bonne et a déjà tout fait pour notre bien-être, qu'il existe une même façon salutaire de vivre pour tous, que la sagesse est à la portée du plus grand nombre et que, même si à force d'exercices intérieurs nous ne devenons pas tous des sages accomplis, du moins le peu de chemin parcouru rendra notre existence plus supportable et plus sûre. Apprenons ce qui nous est nécessaire. Comprenons ce qui nous est suffisant. Toute notre vie s'en trouve alors changée.

Publie tes lettres, Sénèque. Je renonce de bonne grâce à l'immortalité de mon nom au profit de celui de ton ami Lucilius. Vois-tu, cette vanité-là aussi m'a déserté.

J'attends que tu félicites ton jeune ami !

À Rome, le 20 décembre 63

Soit, il est maintenant devenu clair pour toi, cher Marcus, tout dans ta lettre me le montre, que nul ne peut mener une vie heureuse, ou même supportable, sans le recours aux exercices de la sagesse ; que le bonheur parfait est le fruit d'une sagesse parfaite, et qu'une vie supportable est celui d'une sagesse ébauchée. Conviction qui doit être affermie et enracinée par une pratique quotidienne. Il est plus facile de prendre des résolutions honorables que de les tenir. Il te faut persévérer, qu'un travail assidu accroisse tes forces, jusqu'à ce que l'élan qui te pousse devienne ta nature propre. Tu n'as donc plus besoin de mes longues protestations : je comprends que tu as beaucoup progressé. Tes lettres, je sais ce qui les inspire : elles ne sont ni feintes ni enjolivées. Toutefois je dirai mon sentiment : oui, j'ai bon espoir à ton sujet, mais pas encore confiance. Imite-moi en cela : il n'y a pas lieu de croire si vite et si aisément en toi. Rentre en toi-même, scrute-toi et observe-toi à fond. Avant toute chose, vois si c'est dans le registre des idées ou dans la vie pratique que tu as progressé. La philosophie n'est point un métier public, ni une occasion de fanfaronner : elle ne vit pas dans les mots, mais dans les choses, elle ne sert pas à distraire l'esprit ou à tuer le temps, elle forge et façonne l'âme, elle ordonne le cours de la vie, elle fixe une direction à nos actes, elle indique ce qu'on doit encourager et défendre, elle tient la barre du gouvernail et dirige l'homme à travers les écueils de nos existences agitées. Sans elle, point de sécurité : combien d'incidents, à toute heure, de décisions à prendre, exigent des conseils qu'on ne peut demander qu'à elle !

« Mais, dira-t-on, que me sert la philosophie si la fatalité existe ? » À quoi sert-elle si un dieu a tout programmé ? À quoi sert-elle si, au contraire, c'est le hasard qui commande ? Car, d'un côté, on ne saurait corriger ce qui est immuable, et, de l'autre, on n'a aucune prise sur ce qui nous arrive par accident. De ces deux opinions, Marcus, quelle que soit la vraie, et même si toutes deux l'étaient, il faut néanmoins philosopher. Soit que le destin nous enchaîne à son inexorable loi, qu'un dieu, arbitre du monde, ait tout disposé à son gré, soit que les choses humaines flottent désordonnées sous les caprices du hasard, la philosophie sera toujours pour nous un abri ! Elle t'enseignera à suivre l'un et à souffrir l'autre. Mais ce n'est pas le lieu d'ouvrir un débat sur notre libre arbitre, je reviens à mon but qui est de t'avertir, de t'exhorter à ne point laisser ton courage se refroidir. Soutiens-le et sache le régler, fais que, je le redis, l'élan qui te pousse à philosopher devienne ta nature propre, ta manière d'être !

Quant à mon projet de rendre publiques mes *Lettres à Marcus*, sous l'égide de mon ami Lucilius, ton approbation m'enhardit. J'ai songé aux moyens de les faire paraître sans susciter de curiosité malsaine qui pourrait nous être dommageable. D'abord, je feindrai de les dicter à mes esclaves. Ensuite, Lucilius va m'envoyer, à intervalles réguliers, quelques mots de Sicile qui seront autant de prétextes à répéter ce que je t'ai déjà dit. Lucilius compte trente années de plus que toi, il va de soi que certaines tournures voulues pour ta jeunesse seront révisées. Au reste, je désire que Lucilius soit un passager clandestin dans cette œuvre ; il doit n'apparaître que comme une aubaine, un miroir pour le philosophe qui s'exprime. Il est un disciple déclaré de l'école d'Épicure, je m'efforcerai d'achever chacune de mes lettres par une maxime empruntée à ce philosophe qu'on juge contraire à mes idées, pour semer le trouble et faire piailler les imbéciles. Enfin, je supprimerai évidemment toutes les références ouvertes à Néron et à son règne. Voilà aujourd'hui la teneur de mon projet. Tu m'as écrit récemment que le destin mettait sur ta route, par de petits indices inattendus, les directions à prendre ; ainsi en va-t-il pour moi. Je n'avais pas idée d'un recueil de lettres publiées lorsque nous avons lié cette correspondance. Toutefois, je sens aujourd'hui qu'il pourrait devenir l'œuvre de ma vie. Tu vois, à tout âge on peut tomber sur de divines surprises qui font aimer l'existence.

Porte-toi bien.

Lieu tenu secret, 6 janvier 64

Cher Sénèque,

J'ai quitté la demeure de Grannus à Salone. Mieux : j'ai fui cette maison de fous ! Il y siège autant de vices que dans le pire des bouges romains. Les jumeaux, pour distraire leur ennui, s'adonnent entre eux à des pratiques inavouables et condamnées par toutes les lois. Tu apprendras qu'Attale surpasse Marcia. La nuit où je l'ai ramassé, le garçon était battu comme plâtre par quatre hommes à qui il avait promis une somme d'or s'ils le souillaient jusqu'à la dernière extrémité (je te passe les détails, malgré cela je m'interroge sur le goût que peut avoir l'urine !). Sans ses gardes du corps, il n'avait pas un sesterce sur lui pour honorer sa promesse. D'où la vive correction. Et s'ils ont épargné son visage, c'est qu'ils savaient son nom, malgré son déguisement d'indigent, et ne voulaient pas courir le risque d'être retrouvés et châtiés trop durement par son père. Ce dernier, je te le recommande : c'est un concupiscent à l'érection momentanée qui aime voir sa grosse matrone dans des postures indignes avec des esclaves. Ou des invités comme moi ! Et tout ce beau monde grouille et crie du soir au matin ! Les idées les plus insensées ont librement cours. Marcia m'a réveillé une nuit, un couteau dans chaque main : « Je cherchais depuis des années quelqu'un qui fût digne de mourir avec moi. Allons, tuons-nous ! Tout de suite. Tranchons-nous la gorge ! » Lorsque j'ai fait mine d'être moins enthousiaste qu'elle, voilà que l'enragée s'est mis en tête de me faire mourir seul, pour punir mon manque de fermeté. J'ai eu toutes les peines à la désarmer sans recevoir une estafilade, ou pire. Pour moi, cet épisode sonnait la ruée vers l'écurie. J'ai revu Grannus au matin, seul moment du jour où ce malheureux recouvre un semblant de raison, et lui ai signifié mon départ. Il a versé des larmes sincères, car il n'est pas sans mesurer le degré de bassesse dans lequel se complaît sa famille. « Je voudrais que vous emportassiez un cadeau, me dit-il. N'importe quoi qui vous plaise sous mon toit, vous pouvez l'emporter. Vous n'aurez pas, ainsi, que de mauvais souvenirs de Salone. » Comme tous les parvenus, Grannus possède une gigantesque bibliothèque, constituée par un libraire de renom, composée de magnifiques rouleaux payés à prix d'or et dont pas un n'a été ouvert. Jamais ! C'est là que j'allai percevoir mon tribut pour ces quelques jours passés chez les fous. J'y découvris le *Charmide* de Platon dans son grec original et le trouvai à ma convenance. La rédaction de ces lettres m'a instillé le goût de la chose écrite. Mon grec est sommaire mais je compte néanmoins m'atteler à une nouvelle traduction de ce bijou. Traduire n'est-il pas la plus forte intimité que l'on puisse avoir avec une grande œuvre ? Dans ce travail, d'après moi, trois écoles se présentent : l'art du mot juste (qui est celui des savants), l'art de la périphrase (qui est celui des artistes), et l'art de la périphrase juste (qui atteint au summum du genre). Nous verrons bientôt de quoi je suis fait.

Ainsi je quitte Salone et retourne aujourd'hui à ma vie d'errance. Un chef-d'œuvre de plus sous le bras et un dégoût tout neuf pour la luxure qui m'amusait jadis. Je n'ai plus qu'un but : apprendre à travailler la terre, et en vivre ; apprendre à traduire le *Charmide*, et en jouir.

Cher maître, tu sauras, dès que je le saurai, où je me terre.

Lieu tenu secret, 16 mars 64

Cher Sénèque,

Les vents me sont favorables et me mènent où il se doit. Une traversée sur l'Adriatique, voulue dans l'espérance de rejoindre Corfou, m'a fait croiser au large d'une myriade d'îlots, égrenés le long de la côte dalmate. L'un d'eux m'a conquis. J'y reste.

Je serai le Romain qui agrée à Virgile.

À Rome, le 14 mars 64

Voilà deux mois, cher Marcus, que j'attendais ce mot de ta main pour savoir où t'écrire. Du temps a coulé depuis ton installation sur cet îlot. Crois-tu que je vais t'écrire à quel point l'hiver ici a été doux ? Combien le printemps est désormais maussade, trop froid pour la saison, ou d'autres futilités de ce genre auxquelles s'adonnent les gens pour farcir leurs lettres ? Eh bien non : j'entends que toi et moi nous profitions sur-le-champ de ce que je vais écrire. Et quoi d'autre, sinon des encouragements à la sagesse ? Toi qui as maintenant trouvé un lieu paisible où abriter ta solitude, toi qui t'es enfin posé pour donner un sens à ton existence, voici ces encouragements : forge-toi une bonne conscience, forme d'honnêtes résolutions, vise à des actions droites, méprise tout ce qui est fortuit, donne-toi la marche paisible et ininterrompue d'une vie qui suit toujours le même sillon. Ne sois pas comme ces hommes infantiles qui s'élancent de projet en projet ou qui s'y laissent entraîner par le hasard. Rares sont les gens qui savent, intentionnellement, mettre de l'ordre en eux-mêmes : la grande majorité ne marche pas mais se laisse porter comme ces objets qui oscillent sur les eaux. Parmi eux, les uns sont charriés par une onde paisible qui les berce mollement ; d'autres cèdent à un courant plus violent ; ceux-là s'en vont lentement à la rive la plus proche où ils sont déposés ; ceux-ci sont rejetés dans la haute mer par d'impétueux courants qui les submergent. À nous de déterminer ce que nous voulons et de persévérer dans ce but. À toi qui, ces temps-ci, sembles résolu à arrêter un nouveau choix d'existence, ce mot d'Épicure : « Il est pesant d'en être toujours à ébaucher sa vie » ou, pour être plus expressif : « Ils vivent mal ceux qui en sont toujours à commencer de vivre. » Ne va pas t'imaginer que ces hommes sont peu nombreux : c'est le cas de presque tous. Las, certains commencent à vivre au moment où il faut cesser. Cela t'étonne ? Alors écoute cela : la plupart ont cessé de vivre avant d'avoir commencé !

Porte-toi bien.

Lieu tenu secret, 20 mars 64

Cher Sénèque,

J'ai la faiblesse de croire que je ne suis plus un homme léger ; les jours qui passent me confortent dans l'idée que j'ai choisi une vie qui me correspond. L'île où je réside est un petit bout de monde paradisiaque. Elle n'est habitée que six mois par an, par des bergers. Je puis atteindre la côte dalmate à la nage. J'y bâtis une maison. Elle ressemblera à celle de Tiburce. Ici, le poisson abonde, l'eau douce ne manque pas et un arpent de terrain plat va me servir à faire pousser mes oliviers. Je deviens un véritable paysan.

Ce tableau te paraît trop pastoral pour être véridique ?

Il y manque un détail de choix, bien entendu.

Son nom est Lollia. Je n'ai rien besoin de te dire à son sujet, nulle nécessité de la décrire, nulle urgence de te convaincre de notre assortiment, nulle envie même de révéler trop avant mon trésor. L'amour aussi, comme ta sagesse, est une forteresse intérieure. Il exclut le fortuit et se suffit à lui-même.

Tu me l'as écrit : « Tant qu'il est libre de régler sa vie à sa guise, le sage se contente de lui, mais prend une femme ; le sage se contente de lui, mais il a des enfants ; le sage se contente de lui, mais cependant il ne saurait vivre s'il lui fallait être sans personne. »

Je n'avais pas pleinement compris ce message jusqu'à aujourd'hui.

Porte-toi bien, Sénèque.

À Rome, le 27 mars 64

Je n'ai rien de moins qu'un roman à te raconter, roman qui défraie les conversations à Rome depuis quatre semaines et qui a rappelé ton nom sur toutes les lèvres.

Un mot pour commencer sur ton ami Tiburce, cher Marcus ; apprends qu'il se nommait, du temps où Rome le connaissait, Volusius Asper. Ne t'imagine pas que j'aie eu à conduire d'importantes recherches pour le découvrir, la vie de cet homme est ces jours-ci tout entière sur la place publique.

Nos destins se seraient croisés dans le passé, devant le même tribunal, sous Caligula. L'empereur cherchait alors un prétexte pour me faire supprimer. Trop brillante, selon lui, avait été l'une de mes plaidoiries au Forum et il craignait que je ne retourne un jour mon verbe contre son règne. Caligula était un paranoïaque prudent. Je dois ma survie à l'une de mes amies, maîtresse de l'empereur, qui lui fit valoir ma mauvaise santé (qui n'était pas feinte, j'ai toujours été souffrant) et l'assura que la mort ne tarderait pas à le débarrasser de moi.

Quant à Volusius Asper, il comparaissait pour avoir refusé de tenir son rang au Sénat, mais ne fut pas condamné non plus. Rejeton de la *gens* Flavia, fils de Subrius Asper, richissime sénateur, un éclat, peu après, le rendit célèbre : Messaline, l'épouse dépravée de l'empereur Claude, apprit qu'il accomplissait des prouesses au lit. Elle le fit mander dans l'un des bouges de Rome qu'elle affectionnait. Volusius se présenta devant l'impératrice, entièrement dévêtu, tenant en laisse un cochon qu'il avait affublé de ses propres effets. « Puisque Messaline aime à traiter les hommes en porcs, je suis convaincu qu'elle trouvera un vif plaisir à traiter ce porc en homme ! » De rage, elle lui lança ses gardes. Volusius tira une arme de la ceinture portée par la bête et tua ses trois assaillants. Il cracha à la face d'une Messaline terrifiée et quitta Rome. Le rebelle ajouta à ce scandale un autre objet : il avait, au préalable, dissimulé l'intégralité de son immense héritage. Lui parti, ses milliards de sesterces étaient perdus, tant pour sa femme et ses enfants que pour ses amis au Sénat. L'empereur en personne s'est montré furieux de cette disparition colossale. Cela eut lieu il y a vingt-trois ans, la troisième année du règne de Claude. Nul, depuis lors, ne revit Volusius. Une rumeur disait qu'il était malade (sans doute ces taches sombres au visage dont tu m'as parlé) et qu'il revenait tous les trois ou quatre ans à Rome pour consulter des médecins. La mort de son épouse l'aura forcé à rentrer en Ville l'an dernier, alors que tu étais son hôte, pour confirmer par écrit que son or ne serait légué à personne et qu'il demeurait libre de tester comme bon lui semblait.

Voilà qui était Tiburce, ce petit vieillard qui t'ouvrit si généreusement sa bibliothèque et que tu nommas ami.

Maintenant dans cette histoire : toi !

Les quatre fils de Tiburce sont de proches satellites de Néron, tous inféodés à Tigellin, le préfet du prétoire. L'aîné n'est autre que l'homme qui commandait les gardes venus t'arrêter au Sénat. Ayant appris que son père avait passé quelques heures à Rome pour consulter son avocat, il se mit en tête de le poursuivre sur toutes les routes et de découvrir sa tanière. Sa quête le conduisit au hameau, quatre jours après que tu eus enseveli Tiburce et quitté les lieux. L'homme a questionné les habitants. Apprenant l'existence d'un inconnu, logé depuis quelque temps chez Tiburce, sa conviction a été que cet étranger devait savoir où se cachait l'or. Son enquête complétée, il découvrit le bracelet de coraux que tu avais remis à la belle paysanne. Il n'en fallut pas davantage pour qu'à Rome, trahi par cette pièce unique, Marcus Scaurus fût publiquement déclaré coupable du meurtre de Tiburce et de la captation de son héritage ! Tu n'imagines pas le scandale généré. Ton père lui-même s'avoue dépassé par les événements. La mise à prix pour ton arrestation a été montée par Néron à un million de sesterces.

Une Haute Cour a été instaurée pour auditionner les habitants du hameau que le fils de Tiburce a ramenés à Rome. Ce garçon a commis là sa pire erreur. J'ai assisté aux témoignages. J'ai vu cette jeune et belle Areté qui t'avait tant troublé au bord de la rivière, son amoureux transi, le petit pastoureau et la sœur plantureuse qui, malgré elle, a précipité ta perte. Quelle étonnante fraîcheur au sein de ce tribunal de vieux barbons que ces quatre humbles personnages ! En présence de la Justice, ils n'ont pas su mentir quelles qu'aient été les menaces préalables. Tous ont juré que tu étais une belle personne, que tu avais soutenu Tiburce dans ses derniers moments et que rien au monde ne pouvait t'être reproché. Les appels des magistrats et du fils de Tiburce qui enrageait n'y firent rien. Leur candeur et leurs larmes ont fini par emporter l'assentiment des Pères conscrits. Le procès a tourné court. Au final, tu n'as été blâmé que pour « corruption de jeunes femmes » suite aux récits de ta tentative de séduction auprès d'Areté et de tes ébats avec sa sœur.

Devant semblable revirement de l'opinion sénatoriale, lassée de voir Marcus Scaurus accusé à tort, Néron a supprimé la prime qui te visait, afin de se faire mieux voir.

Voilà un drame qui a fait rire et qui finit bien.

Je suis allé visiter tes amis, avant leur retour au hameau. Tu m'as autrefois écrit que l'amoureux d'Areté attendait de pouvoir satisfaire aux demandes de son père pour l'épouser ? J'ai fait en sorte qu'ils ne manquent de rien, ni lui ni ses compagnons.

J'espère que les dieux leur voudront du bien et qu'ils apprendront à être heureux.

Porte-toi bien.

Lieu tenu secret, 7 avril 64

Cher Sénèque,

Imagine-toi une cymbale de bronze et d'étain, martelée avec délicatesse pour l'usage des musiciens, dégringoler les marches de marbre d'un grand escalier, rebondir, vibrer, mais sans produire le moindre son. C'est l'impression qu'a fait naître en moi ton récit : du vacarme, de l'agitation, les bruits assourdissants en moins. Il me plaît d'en connaître davantage au sujet de Tiburce – nous étions bien deux hommes cousus de secrets –, seulement le battage organisé autour de mon nom, la pantomime des magistrats, de l'empereur et de son vizir m'ont laissé de glace. Tu penseras sans doute, comme dit Ésope le Phrygien, qu'il est facile d'être fier avec une distance de sécurité ? Je ne dis pas non. Mon île, c'est mon désert. Je l'ai choisie pour cela. J'ai toutefois ressenti un pincement au cœur pour Areté et les autres villageois qui ont dû bien craindre ce qu'ils ont vu de Rome. Merci de t'être inquiété de leur sort.

Ces derniers temps, le père de la femme que j'aime se meurt. À l'approche de la mort, le pire désagrément reste pour moi de se voir diminuer, dépérir, je dirais même : de se sentir se désagréger. Au lieu d'un choc soudain qui nous terrasserait, l'âge saccage sournoisement ; chaque jour, il nous vole quelque chose de nos forces.

Dans cette circonstance, j'apprends que je vais devenir père.

Étrange. Plus de doute, je suis dans la vie, Sénèque.

Porte-toi bien.

À Naples, le 2 mai 64

Cher Marcus,

Je t'écris de Naples. Ne m'ayant pas délivré de mon titre d'*Ami du Prince* (malgré mes demandes renouvelées), Néron a exigé que je le suive dans sa tournée de chantre, d'abord à Naples, puis dans la Grèce achéenne. Pauvre Sénèque ! Je vais y laisser mes dernières forces. Peut-être est-ce là le dessein de l'empereur ?

Tes lettres se font rares. Je m'attriste d'être tenu à l'écart de ta vie. Nos échanges m'étaient aussi profitables qu'à toi, sinon plus. Autrefois ton corps seul paraissait retenu au loin, aujourd'hui je comprends que ton cœur et ton esprit ont, en quelque sorte, distancé Sénèque. Je ne t'accuse pas. J'ai eu toute ton attention pendant plus d'un an ; dans les circonstances difficiles qui sont les nôtres, c'est déjà beau. Tu apprendras qu'un premier volume des *Lettres à Lucilius* a été rendu public à Rome et qu'il rencontre un vif succès. Je n'ose te les faire lire, tu pourrais ne pas les reconnaître, ou te sentir trahi.

À Naples, j'assiste chaque jour au viol de Rome. Jusqu'à présent, Néron s'était contenté de chanter dans sa maison et dans ses jardins ; ici, il se déchaîne sur le théâtre napolitain. Les citoyens, amenés en masse, même d'Alexandrie, se montrent ravis de ses prestations, ce qui a tiré à l'empereur ce cri du cœur : « Seuls les Grecs savent écouter, nul autre n'est digne de Néron et de son art ! » Probablement, mais à quel prix ! Malheureux Grecs contraints d'entendre des heures durant cette voix de chat étranglé. Figure-toi seulement les sons que l'empereur parvient à tirer de sa cithare avec ses doigts boudinés. Ses spectacles sont à mourir et, littéralement, certains en meurent. Pendant que Néron chante, il n'est pas permis de quitter le théâtre, même en cas de nécessité. Des femmes sont forcées d'accoucher sur les gradins et des individus, lassés d'écouter et d'applaudir, sachant la ville fermée par la garde prétorienne, sautent en cachette par-dessus les remparts ou feignent d'être morts pour se faire emporter.

Au cours des banquets quotidiens – ma présence y est requise –, Néron m'a rencontré trois fois. Ma vue, et l'ombre d'Agrippine qui flotte à mes côtés, ne lui plaisent plus guère. Il m'a demandé, sortant de scène, sa sambuque et son psaltérion sous le bras : « Alors, es-tu fier de ton pupille, Sénèque ? » J'ai répondu : « Oui, divinité. Je ne m'attendais pas à ça ! » Mon double langage lui a échappé et il a fait le réjoui.

Voilà où en est ton pauvre vieil ami. Pour délasser mon esprit, je reprends notre correspondance et je poursuis la rédaction de mes *Lettres à Lucilius*. J'en multiplie le nombre. En faisant mine de m'adresser à mon ami de Sicile, je me donne l'impression de toujours prendre soin de toi.

Porte-toi bien.

À Rome, le 28 juillet 64

Cher Marcus,

Rome a brûlé, mais ce n'est pas le plus étonnant.

Au milieu des flammes, un nouveau Néron s'est révélé. Il a fait ouvrir ses jardins et les monuments du Champ-de-Mars pour accueillir le peuple aux abois. Des rumeurs circulent selon lesquelles il serait lui-même à l'origine du grand incendie. C'est grotesque. Il résidait dans sa villa d'Antium lorsque les premières flammes ont jailli. L'empereur est aujourd'hui sincèrement blessé de voir sa capitale disparaître sous les cendres.

À ma stupéfaction, il m'a convoqué pour recueillir mes conseils. Me croiras-tu si je te dis que derrière ce gros garçon de vingt-six ans, suant sous ses traits épaissis, j'ai retrouvé l'enfant d'autrefois ? Il avait le regard perdu, il cherchait à se raccrocher à Sénèque comme lorsque, à quinze ans, il subissait les blâmes de sa mère.

Il va falloir reconstruire Rome. Et Néron ?

Porte-toi bien.

Lieu tenu secret, 7 août 64

Cher Sénèque,

Pardonne mes silences. N'y vois ni de l'ingratitude ni de la négligence. L'homme que je deviens n'aurait jamais été sans tes exhortations à travailler mon âme, à tempérer mes défauts et à grandir en vertu.

La nouvelle de l'embrasement de Rome a circulé dans les provinces. En ce qui me regarde, il n'y a pas une ruelle, pas un pavé sur le Forum que je regretterai. J'ai seulement craint que les flammes ne t'aient emporté.

Peux-tu me rassurer sur le destin de ma mère ?

Ici, j'embrasse toutes les heures, j'ai la propriété de moi-même, je donne son prix à chaque jour qui défile, je ne chasse que ce qui m'est nécessaire et suffisant, et – étrange délivrance – j'aime. La joie comble une vie, je pourrais disparaître demain, heureux que la Nature se soit montrée si généreuse à mon égard.

Je me félicite du succès rencontré par ton dernier ouvrage. Les siècles à venir ignoreront qu'un homme-enfant du nom de Marcus Scaurus, plutôt quelconque, coupable de ressembler à la Rome où il est né, fut à l'origine de ce chef-d'œuvre. Être immortel et rester anonyme ! Le véritable passager clandestin de tes lettres, Sénèque, ce n'est pas Lucilius, c'est moi.

Porte-toi bien, cher Maître.

Rome, 16 août 64

Cher Marcus,

Ta mère a rejoint votre résidence d'été de Baïes avec son mari, qui a perdu gros dans l'incendie. Elle est hors de danger.

Je te rends grâces : à lire ta dernière lettre, l'évocation de ton bonheur soulage mes peines. Sache que ce voyage tempétueux à Naples et à Bénévent (heureusement que Néron a renoncé à son expédition grecque !) où j'ai dû économiser sur mon sommeil pour assister aux agapes impériales, puis les soubresauts tragiques dus au grand incendie, ont anéanti ma santé.

Naguère je t'avouais, devant un mur lézardé de ma maison et un platane rabougri, que j'étais entré dans la vieillesse ; aujourd'hui je redoute de l'avoir laissée derrière moi, cette vieillesse ! Le mot ne convient plus à mon âge, ou du moins à ma condition physique. On appelle vieillesse l'époque de la lassitude, non pas celle où toute force est brisée. Compte-moi désormais parmi les décrépits, ceux qui touchent à leur fin.

Et pourtant, au moral, je dirai que je ne sens pas tant l'injure des ans. Seuls mes vices et mon organisme sont flétris. Mon âme se réjouit d'être si différente de son corps. Une bonne part du fardeau sous lequel elle pliait est en train d'être déposée ; elle reste allègre et conteste même ma vieillesse : pour l'âme, la fin de la vie, c'est la fleur de l'âge ! Croyons-la et laissons-la jouir de son beau moment.

Tu m'écris : « À l'approche de la mort, le pire désagrément reste pour moi de se voir diminuer, dépérir, je dirais même de se sentir se désagréger. Au lieu d'un choc soudain qui nous terrasserait, l'âge saccage sournoisement ; chaque jour, il nous vole quelque chose de nos forces. »

Mais peut-on mieux sortir de la vie que quand la nature en dénoue les chaînes et nous laisse glisser vers notre fin ? Non que ce soit un mal d'être enlevé d'une façon brusque et imprévue, mais c'est une sensation modérée et facile que de se sentir doucement conduit par la main.

Pour moi, si près de voir venir le jour qui doit juger toutes mes années, je m'examine et me dis : « Non, Sénèque, jusqu'ici ni tes actes ni tes paroles n'ont rien prouvé ; ces garants de ta valeur morale, légers et trompeurs, sont restés enveloppés d'illusions. Tes véritables progrès ? Seule la mort te les certifiera ! » Alors je me prépare, sans le craindre, à ce jour où, dépouillé de tous mes fards et de tous mes subterfuges, je vais, juge de moi-même, savoir si mon courage est épate ou réalité, s'il n'y a eu que des faux-semblants et des mots de théâtre dans tous ces défis que j'ai envoyés à la Fortune ! Il faut le dire : ni les discussions philosophiques, ni les entretiens littéraires, ni les mots empruntés aux maximes des sages, ni le langage érudit ne prouvent la vraie force de l'âme ; les plus timorés parlent souvent avec le plus d'audace. On ne saura quels combats on aura remportés qu'au moment où l'on rendra notre dernier souffle. « J'accepte ma condition et n'ai point peur de mourir. » Voilà ce que je me dis. Ne sachant où elle t'emportera, c'est partout qu'il faut l'attendre. Le bon prêteur Épicure ne demande-t-il pas : « Cherche bien, lequel est plus commode, que la mort vienne à toi, ou toi à elle ? » Sa pensée est claire : il est noble d'apprendre à disparaître. Tu jugeras peut-être vain de percer un secret qui ne servira qu'une fois ? C'est pour cela même qu'on doit l'approfondir : il faut étudier sans cesse ce que, sans l'expérience, on n'est jamais certain de bien savoir. Étudie-toi à mourir, c'est se dire : « Étudie-toi à être libre. » Qui a appris à mourir a désappris à vivre en esclave : il se tient au-dessus, ou du moins hors de portée de tout despotisme. Que lui font les prisons, les gardes, les écrous ? Il a toujours une porte libre. Une seule chaîne reste et nous retient captifs : l'amour de la vie. Il faut non pas le rejeter, mais tellement le restreindre qu'au besoin, si la situation l'exige, rien ne nous retienne ni ne nous empêche d'être prêts à faire sur l'heure ce que tôt ou tard il faudra faire.

Pardonne à Sénèque cette lettre qui sent les humeurs rogues d'un vieux moribond.

Et porte-toi bien !

Lieu tenu secret, 29 août 64

Cher Sénèque,

Ce n'est pas la première fois que tu sens ton corps t'abandonner. La maladie ne te suit-elle pas depuis la prime jeunesse ? Tu as appris à composer avec ses maux. Là encore, tu recouvreras la santé nécessaire pour voir de nombreux consuls conduire le Sénat.

Merci de t'être inquiété de l'état de ma mère. J'aimerais lui présenter mon enfant lorsqu'il sera. Sache que, s'il devait naître garçon, il porterait le prénom de Sénèque.

Que dois-je penser de la peine subite de Néron pour Rome et ses sujets ? Cet homme a passé trop de son temps à déclamer sur les planches des théâtres et à conduire des chars. Il sait jouer des rôles et tricher ; même portant des fleurs, ses mains sont pleines de crimes. En aucun cas il ne pourrait être cru.

Rome, 6 septembre 64

J'ai toujours su, cher Marcus, que Néron se laissait facilement entraîner par les émotions du moment, ce qui le rend faible et influençable, et j'avais renoncé de longue date à croire qu'il puisse encore être enflammé par de bons sentiments. Après la mort de Burrus et mon évincement du palais, l'odieux Tigellin l'a conduit si avant dans les voies de la cruauté qu'on pouvait le craindre perdu à jamais. Pourtant, il est venu visiter Sénèque malade, seul, et, à me voir si diminué, les souvenirs anciens qui nous unissent ont afflué et l'empereur a pleuré. « Te souviens-tu, demanda-t-il d'une voix d'enfant, quand tu m'exhortais, jeune prince, à ne jamais aimer haïr et punir ? *La clémence, en quelque maison qu'elle se manifeste, la rendra heureuse et paisible, mais dans une maison royale, elle est d'autant plus admirable qu'elle y est plus rare. Être impartial ne suffit pas, sois clément, Néron !* »

Eh ! Que ne t'en es-tu tenu à ce précepte ! avais-je l'envie de lui rétorquer. Mais je sais qu'il ne sert à rien de dire la vérité à la face des rois. Même le grand Auguste pouvait s'en offusquer. Aussi le laissai-je continuer. « Je t'interdis de mourir, Sénèque ; j'ai besoin de toi pour refaire briller mon soleil ! »

M'interdire de mourir ? L'étourdi oublie, ou feint d'oublier, qu'il m'a fait empoisonner il y a quelque temps et que je ne dois ma survie qu'à mon régime alimentaire très frugal ! Passons.

Néron a sorti une liste de sa manche. Je connais ce genre de liste. Elle ressemble en tout point à celles où Caligula tenait le compte des femmes de sénateur qu'il fallait prostituer dans son lupanar impérial et de leurs maris qu'il fallait faire abattre pour capter leur héritage ! Elle ressemble aussi à ce sinistre inventaire des proscriptions du temps de Marius et Sylla, qui, affichées sur les murs des rues, donnaient en pâture le nom de ceux qui pouvaient être tués par quiconque recherchait une prime. J'eus froid dans le dos.

« Voilà les noms de ceux auxquels j'accorde mon entier pardon du passé. Ma clémence impériale les sauve. Es-tu satisfait de ton pupille, Sénèque ? Les travaux de la Nouvelle Rome vont commencer, je veux que le premier acte du Nouveau Néron soit aussi ambitieux et marquant pour mon peuple. »

La liste comptait une centaine de noms. Tu n'imagines pas l'état de mes nerfs pendant qu'il les récitait de sa voix sourde pour recevoir mes avis. J'avoue ma faiblesse : je me moquais de la majorité d'entre eux. J'opinais positivement lorsque Néron me questionnait du regard. Quand enfin le nom de Marcus Scaurus a résonné à mes oreilles, j'ai manqué défaillir.

C'est fait, Marcus ! Je tiens aujourd'hui, devant moi, en ce moment où je t'écris, la liste signée et le décret de Néron te rendant à ta liberté !

Ce bienheureux coup du sort m'a revigoré. Tu es libre, Marcus ! J'ai écrit à ta mère pour lui révéler l'excellente nouvelle. Elle me répond que même ton père s'est réjoui ! L'annonce de la clémence inattendue de Néron émeut dans Rome. Annonce-t-elle une ère nouvelle ou la simple rémission d'un fou ? Il se dit que Tigellin fulmine tout son content de savoir que Néron me consulte de nouveau.

Peut-être n'ai-je pas œuvré en vain pendant la jeunesse du tyran ? Je croyais avoir échoué ; suffisait-il de rester patient ? La destruction de Rome est-elle le coup salvateur que nous n'espérions plus ?

Mon cœur bat, mon sang s'échauffe, la tête me tourne. Nous allons pouvoir nous revoir. Je t'attends.

Réponds-moi sans tarder.

Porte-toi bien.

Rome, 24 septembre 64

Cher Marcus,

Aucune réponse. Ma dernière lettre est-elle arrivée à bon port ? Rassure au plus vite un malheureux vieillard.

Néron élabore des projets grandioses pour le relèvement de Rome. Sa clémence publique ne semble pas avoir été feinte : il offre même d'organiser une cérémonie où seront conviés tous les graciés. Plus de débauches attentatoires aux dieux, mais au contraire une fête voulue dans le grand respect des cultes anciens !

Je te joins une copie de ma lettre précédente.

Porte-toi bien.

Lieu tenu secret, 8 octobre 64

Cher Sénèque,

Ne reçois pas cette réponse en mauvaise part, mais je n'ai aucune intention de me rendre à Rome.

L'important est d'attendre. Je ne compte pas même écrire à ma mère et lui révéler le lieu de ma retraite ; non par prudence excessive, mais par la prudence la plus élémentaire qui soit.

Quelque masque que prenne le visage de Néron, il demeure inchangé à mes yeux.

Rome, 9 octobre 64

Cher Marcus,

Ta lettre me jette dans une grande perplexité. Si je souhaite ton retour à Rome, crois-tu que cela soit dans l'idée de te faire courir le moindre risque ? Ta grâce écrite est entre mes mains ! Je suis le garant devant le Sénat de l'application du décret impérial. Si tu doutes de la protection de Néron, ne doute pas de la mienne. J'étais l'oublié des puissants, aujourd'hui on se presse à la porte de Sénèque, et tout m'est accordé. Mon retour en grâce est apprécié et vu comme l'inclination vertueuse du nouveau règne de Néron.

Je ne crains plus pour toi, comme auparavant. Tu as, ces derniers mois, su poser les fondements de ta forteresse intérieure ; la sagesse a semé ses graines, nul ne peut plus en priver Marcus Scaurus. À Rome, comme sur ton île déserte, tu emporteras tes qualités invincibles. L'homme vicieux emmène partout ses vices avec lui ; l'homme vertueux, ses vertus. À celui qui se plaignait que ses maux le suivaient où qu'il se rendît, Socrate répondit : « Pourquoi t'étonner que tes voyages ne te profitent pas, quand c'est toujours toi que tu promènes ? La cause que tu fuis, elle te suit comme ton ombre. »

En revanche, si tu as su extirper tes maux, tout voyage te deviendra agréable. Qu'on t'exile aux extrémités de la terre ou dans n'importe quel coin de pays barbare, le séjour te sera hospitalier.

Aussi, ne redoute point de revenir à Rome. On peut être au milieu de la foule et savoir se réserver son jardin secret. Naguère je t'ai dit de fuir la foule, aujourd'hui je dis à la foule : « Fuyez Marcus Scaurus, car il vous fera honte ! »

Au-dessus de mon œuvre littéraire, je te regarde comme ma réussite la plus achevée. Jeune, je rêvais de connaître maints maîtres ; en prenant de l'âge, je rêvais de rencontrer des disciples de ta trempe. Il y aura fallu le temps et les circonstances. Grâce à ces dernières, Marcus Scaurus est re-né et les *Lettres à Lucilius* murmureront le nom de Sénèque pour les siècles à venir. Ma philosophie politique a toujours été la suivante : un roi, mieux qu'une République, mais un roi sage ou, à tout le moins, entouré de sages conseillers. Des hommes comme toi sont indispensables à la bonne marche de Rome[1]. Maintenant que la voie est libre, le droit ne t'est plus accordé de te dérober. Tu useras de toi en solitaire amoureux des lettres lorsque tu auras passé mon âge.

Reviens-nous. Ta mère t'en supplie. Ton cœur se serait-il endurci en dépit de mes préceptes ?

Je t'ai rendu mot pour mot le fond de ma pensée.

Porte-toi bien.

---

1. Cette vision politique de Sénèque demande à être éclaircie. Le vaste empire territorial romain, né de cette époque, s'est en partie construit *par hasard*, suite à de nombreuses guerres défensives remportées par les armées romaines. La constitution de la République était recevable tant que l'aire d'influence de Rome se limitait à l'Italie et à quelques satellites. Avec de nombreuses provinces lointaines annexées, le seul outil législatif du Sénat ne suffisait plus, un exécutif fort devenait indispensable. D'où l'empire. À cela s'ajoute que les dernières années de la République furent le théâtre de guerres intestines, de corruptions et de brigues sans précédent. En ce temps-là, la République avait très mauvaise réputation.

Lettres inédites de Sénèque à Calvina, épouse de Scaurus

Rome, 15 novembre 64

Chère Calvina,

Nous y sommes : ton fils a accepté l'idée de son retour. Voici ce qu'il m'écrit : « Je me soumets à ton jugement, Sénèque, quoi qu'il puisse m'en coûter. Quel disciple serais-je pour opposer un non à mon maître ? »

Marcus compte que son arrivée à Rome suive de deux ou trois jours celle de sa lettre.

Je l'inviterai au plus vite à se rendre à Baïes où les circonstances du Grand Incendie t'obligent de résider.

Rome, 3 décembre 64

Chère Calvina,

Nous nous sommes enfin vus. Suite aux travaux de déblaiement des décombres, les modalités d'accès à Rome sont perturbées. Marcus s'est présenté à ma villa de Nomentum où je loge depuis mon retour de Naples.

Le revoir fut un choc : l'image que je conservais de lui datait de plus de cinq ans avant sa fuite du Sénat. Nous nous étions croisés, tous trois, dans les jardins de Mécène, du temps où je subissais les assauts de ce jaloux de C. Suillius qui cherchait à ternir ma réputation. D'aspect, le Marcus d'alors ne s'était pas encore défait de certains traits hérités de l'enfance. J'ai retrouvé hier non seulement un homme, mais un homme marqué par des épreuves qu'il a su vaincre, patine qui ne se peut feindre et qui donne aux visages leur gravité et leur profondeur. De son côté, il a dû être surpris de l'infirmité du malheureux Sénèque.

Il m'a remis sa traduction du *Charmide* de Platon ainsi que deux volumes de Pisandre consacrés aux travaux d'Hercule et tournés par ses soins en vers latins qui sont d'assez bonne tenue.

Nous avons passé la journée et une partie de la nuit à discuter. Il semble dans de bonnes dispositions et se languit de te serrer entre ses bras.

Aujourd'hui, les quatre jeunes républicains qui œuvraient avec Marcus sur son discours la veille de sa fuite se sont retrouvés chez moi. Ils n'avaient plus eu de communication avec ton fils depuis son départ de Rome. Entre eux, il n'a presque pas été question de politique ; certains se sont mariés, ont eu des enfants, ont souffert la perte d'un parent ou d'un ami commun. Aux instants de vérité, on en revient toujours à l'essentiel, et les passions et les querelles du monde sont ravalées à ce qu'elles ne devraient jamais cesser d'être, secondaires.

Cependant Marcus a fait savoir qu'il avait mûrement pesé la raison de son retour à Rome. « Voilà pourquoi j'ai tant tardé à répondre à tes dernières lettres, Sénèque », m'a-t-il avoué. Comme ses compagnons, j'ai été soucieux de savoir où il voulait en venir. « En suivant les consignes de Zénon et de Chrysippe, dit-il, Sénèque a raison de croire que la paix et l'éternité de l'empire reposent sur un roi qui soit instruit à devenir sage, juste et clément, ou que, n'y pouvant suffisamment ressembler lui-même, il soit entouré de conseillers sages, justes et cléments. Si je devais aujourd'hui, grâce à l'appui de Sénèque, pénétrer le cénacle des proches de Néron, et puisque l'empereur semble vouloir se réformer et réparer ses fautes passées, je lui prodiguerais mieux que le conseil du plus grand des philosophes : un couteau planté dans la gorge ! J'en suis arrivé à ce constat : Néron sage, c'est Néron mort. » Ses propos nous ont tous glacés. Cette détermination inattendue me fait craindre de l'avoir fait revenir trop tôt à Rome.

Ne me cache rien de tes impressions lorsque tu l'auras revu.

Rome, 14 décembre 64

Chère Calvina,

Marcus semble très heureux d'avoir retrouvé sa mère et sa famille. Ce séjour à Baïes l'a enchanté. Avait-il fini par oublier ce qu'il avait laissé derrière lui au cours de son exil ?

Je suis soulagé qu'il ne soit pas revenu en ta présence sur ce projet sinistre de supprimer Néron. Les tentatives d'assassinat, toutes avortées et réprimées dans le sang, n'ont pas manqué ces dernières années. Néron est un souverain fragile. Attenter à ses jours aujourd'hui, alors qu'il se pique de vouloir se réformer et se montrer bon pour son peuple, pourrait susciter un revirement terrible de sa part, une incompréhension puis une furie de maux que nous serions bien incapables de borner.

Marcus a beau être ces jours-ci face à moi, j'ai le sentiment d'avoir plus de mal que jamais à lire dans ses pensées.

Nomentum, 17 décembre 64

Chère Calvina,

Marcus et moi sommes allés visiter deux de mes amis philosophes dont je continue de rechercher les enseignements : Métronax, venu de Naples, et Démétrius le Cynique. Tu n'imagines pas le plaisir que je prends à présenter Marcus au plus grand nombre. N'est-il pas ma plus belle réussite, le disciple de mes vœux, l'homme contemporain réformé par la philosophie dont j'emplissais tous mes écrits ? Décèles-tu chez moi un peu de vanité ? Il est vrai.

Démétrius a fait une forte impression sur ton fils. Il vit presque nu, misérable, privé de tout, s'interdisant de rien posséder et de rien demander. Néron ne l'aime guère car il raille l'empire et endure les persécutions sans se plaindre. La brutalité et les humiliations n'atteignent pas une âme trempée.

Avec Métronax, nous nous sommes entretenus des zones d'ombre qui subsistent dans la seconde partie de mon traité *De la clémence*. Marcus était intéressé d'apprendre si l'assassinat politique pouvait être considéré comme un acte de clémence. Je me suis rembruni au retour de cette idée noire. Métronax et moi avons protesté qu'il ne pouvait en être ainsi. Ton fils nous a alors assené : « Tuer un tyran, n'est-ce pas se montrer clément à l'endroit de son peuple opprimé ? »

Nomentum, 29 décembre 64

Chère Calvina,

C'est aujourd'hui que Néron reçoit ses « graciés » dans les jardins de son palais, afin de sacrifier aux dieux et d'inaugurer l'ère magnanime de son règne. Il paraît que certains Romains intitulent cette cérémonie la « Victoire de Sénèque ». Mon état de santé ne me permet pas d'y participer, car il semble que Néron veuille faire durer les réjouissances sacrées, comme autrefois il éternisait à l'envi ses débauches.

J'ai demandé à mon excellent ami et médecin Statius Annaeus de ne quitter Marcus sous aucun prétexte, tout le temps que durerait sa présentation à l'empereur. Tu sais les craintes qu'il m'inspire. Lui-même les a devinées lorsque j'ai insisté, avant son départ, pour qu'on s'assurât qu'il ne dissimulait aucune arme sous sa toge. Grâce aux dieux, il n'en a rien été.

J'ai laissé partir ton fils, l'âme soulagée.

Lettres inédites de Lucilius Iunior à Calvina, épouse de Scaurus

Sicile, 1er février 65

Chère Calvina,

Recevez-vous des nouvelles de Sénèque ?

Signé Lucilius Iunior

Sicile, 16 février 65

Chère Calvina,

J'entends de nombreuses rumeurs contradictoires et ne sais quelle opinion m'en faire. Sénèque reste introuvable. Je n'ignore pas qu'il a toujours vu en vous une proche confidente.

Pouvez-vous éclairer un ami inquiet ?

Signé Lucilius Iunior

Correspondance inédite de Lucilius Iunior et Statius Annaeus

Sicile, 26 février 65

Cher Statius Annaeus,

Ni Sénèque ni Calvina ne répondent à mes lettres. Je m'adresse au médecin et ami du philosophe.

Voilà ce que j'apprends du fin fond de ma Sicile.

Néron a sacrifié aux dieux, le jour de sa « Grâce aux Cent », appelé aussi « Victoire de Sénèque ». Tout avait été pensé ce jour-là pour que soit pris le contre-pied de la fête odieuse et extravagante que Tigellin lui avait préparée quelques temps avant l'incendie de Rome : alors, sur l'étang d'Agrippa, un radeau orné d'or et d'ivoire avait été mis en place pour recevoir le festin, radeau vogué par de jeunes mignons nus, experts en jeux érotiques. Le long des rives de l'immense pièce d'eau, des centaines de prostituées s'étaient adonnées à la débauche au vu et au su de tous. Leurs râles, dit-on, atteignaient jusqu'au ciel. Néron ne fut pas en reste, qui se laissa souiller de la pire des façons et qui finit par outrager l'office sacré du mariage en s'unissant, selon les règles (prises d'auspices, dot, lit nuptial, torches de mariage et voile pudique de la mariée posé sur Néron), à un garçon du nom de Pythagoras. Ce dernier couvrit l'empereur, comme s'il s'était agi d'une épouse solennelle, et le sodomisa devant la large assemblée.

Ces derniers temps, à ce que l'on en dit, Néron est très près de penser que le souvenir de cette orgie a heurté les dieux et précipité Rome dans les flammes, aussi, de son propre aveu, désirait-il réparer cet affront par une nouvelle cérémonie en tous points irréprochable.

Lorsque Marcus Scaurus et la centaine des « graciés » sont arrivés au sein des jardins de Néron, tout avait été dressé pour ravir les yeux des plus pieux des Romains. Statues d'Immortels, présence des Vestales, cassolettes d'encens, flambeaux sacrés. Néron a récité un discours profus, magnifique de contrition et d'humble obligeance envers les dieux. Il affirma que les livres sibyllins avaient été consultés par le collège des devins et qu'il en était résulté la mise en demeure de châtier jusqu'au dernier les incendiaires de Rome. L'assistance applaudit à cette menace lancée ouvertement contre les chrétiens. Sauf que Néron, lèvres pincées, pointa du doigt les cent « graciés » !

« À commencer par ceux-là, dit-il, parmi les plus odieux qui ont insulté mon règne et provoqué le courroux divin ! »

Ce fut la consternation. Les officiants des rites anciens ôtèrent leurs habits, tous étaient des gardes prétoriens, et le massacre débuta. Néron a dit avoir feint la réconciliation, inspiré par les ordres sibyllins, pour que les « coupables » de l'incendie soient tués sur les lieux mêmes de leur forfait, en plein cœur de Rome ! Lorsque tous furent brûlés ou passés au fil de l'épée, ou même dévorés par des chiens après qu'on les eut revêtus de peaux de bêtes, Néron a exulté et décrété que l'on fête enfin, dignement, ce grand sacrifice offert aux divinités. Alors, celles-là mêmes qu'on avait confondues avec les Vestales se dénudèrent ; c'étaient des prostituées. Les statues d'Immortels se mirent en mouvement ; c'étaient des mimes. Les spectateurs, hommes et femmes, échauffés par le spectacle du sang et de la chair brûlée, se précipitèrent pour se laisser couvrir, qui par Jupiter, qui par Pluton, qui par Vulcain. Cette infâme débauche a duré trois jours et trois nuits !

Depuis ce soir qui a vu la fin terrible de Marcus Scaurus, mes lettres à Sénèque n'obtiennent aucune réponse. On me dit qu'il n'est plus à trouver ni à Rome, ni à Nomentum, ni à Mentana.

Cher Statius, où est-il ? Quel est son état ? Délivre un homme qui craint comme le feu pour son vieil ami.

Signé Lucilius Iunior

À Rome, le 1er mars 65

Cher Lucilius Iunior,

Le massacre des cent graciés par Néron s'est bien tenu de la façon qui t'a été rapportée, même si mille autres détails accessoires qui sont autant d'énormités à crever les yeux mériteraient d'être ajoutés.

Sénèque a su par ma bouche les derniers instants de son protégé Marcus : au sein de la foule des condamnés à mort qui criaient et se débattaient pour échapper à leur sentence, sidérés par la honteuse dissimulation de l'empereur, et qui résistaient lorsque les gardes venaient les ligoter avec de la paille, Marcus Scaurus resta impavide ; à son tour, il s'avança face à ses bourreaux et, lorsque le temps fut venu de disparaître dans les flammes, il saisit une torche et s'immola lui-même ! Ce geste grandiose fut perdu dans l'agitation générale.

Sénèque est anéanti par la perte de son protégé. Néron s'est joué de lui et lui a retiré son plus cher disciple, Néron s'est joué de Rome et lui a ôté son reste de dignité.

Depuis quelques semaines, personne ne reçoit plus de nouvelles de notre ami. Il semble avoir déserté le Latium pour une destination inconnue.

Tout est à craindre, au regard de sa peine immense et de sa complexion délicate.

Signé Statius Annaeus

À Rome, le 7 mars 65

Cher Lucilius,

Sénèque est enfin de retour dans sa villa de Nomentum. Inutile d'espérer savoir ce qui l'a occupé ces dernières semaines, il refuse de lever son secret.

Il travaille avec acharnement. Il rédige de nouvelles *Lettres à Lucilius*. Sa femme Paulina me dit que son sommeil n'a jamais été aussi agité. De temps à autre, les esclaves qui notent sous sa dictée sont surpris, sa langue lui fourche et il confond Lucilius avec le malheureux Marcus Scaurus. Il m'a fait lire le groupe de textes qui va constituer la prochaine livraison offerte au public : le ton a changé, Sénèque s'y révèle plus préoccupé de questions essentiellement philosophiques, voire doctrinales ; une bonne part d'humain s'est perdue sous sa plume.

Il reste sourd aux rumeurs qui circulent à Rome. Néron a imaginé mieux que l'assassinat judiciaire : il invite ses opposants au suicide. La grande récréation impériale est à son pic : Néron blasphème à tout propos.

Aujourd'hui, ce musicien de bas étage a enfreint le dernier tabou de son règne en se produisant sur scène à Rome. Après avoir humilié la terre entière, il humilie la dignité impériale si chère aux Romains et qui, seule, tenait le Sénat en respect. Son étoile pâlit. Thrasea aurait dit, après l'avoir vu gigoter sur un tréteau comme un vulgaire ludion : « C'est le début de sa fin. » Le Trésor est vide, et, pour réaliser ses travaux somptuaires, on dévaste et on ruine le peuple des provinces. Nantis de nouveaux impôts, les proconsuls et les procurateurs se sentent des ailes, et c'est le vol à tous les étages. Hors ça, les mêmes abominations de vice se perpétuent au palais : Néron s'est entiché d'un enfant nommé Sporus, qu'il couvre de baisers. Pour pouvoir en faire son épouse solennelle, dans le secret de l'alcôve, il l'a fait châtrer !

De toute part les signes annonciateurs de maux imminents se multiplient (la foudre n'est jamais tombée aussi fréquemment), les femmes accouchent de mort-nés difformes, les sacrifices se révèlent néfastes, on entend dans les cendres de Rome la voix des morts qui s'indignent. Quel châtiment les dieux nous réservent-ils ?

Sénèque s'en désintéresse, ainsi que de cette rumeur de complot d'assassinat de Néron qui impliquerait les noms des personnages les plus en vue de Rome.

Dont le sien.

Signé Statius Annaeus

À Rome, le 10 avril 65

Cher Lucilius,

Rome bruit d'un immense scandale : Pison et ses conjurés ont voulu faire mourir l'empereur le jour des jeux de Cérès.

Il semble que le père de Marcus Scaurus, cet infâme esclave de ses besoins, ait mêlé la personnalité de Sénèque à cette sinistre aventure. Il s'appuie sur un dîner tenu chez Pison, voici plus d'un an, auquel Sénèque et tous les conjurés démasqués aujourd'hui – dont le poète Lucain et Pétrone – ont participé. Dîner où Scaurus aurait été humilié pour avoir calomnié son fils et qui est vu désormais comme le point initial de cette conjuration. Je m'en alarme, j'en avertis Sénèque, il répond : « Tant mieux. »

Les accusations portées contre lui sont sans finesse. Il suffirait d'un écrit synthétique ou d'un bref sermon de cet orateur-né pour ruiner les menées ridicules imaginées pour le perdre. Dix fois par le passé Sénèque a été accusé à tort et dix fois il a fait la démonstration publique de son innocence et renversé la condamnation sur ses diffamateurs. Je l'invite à faire de même. Ne dit-on pas que la conjuration de Pison aurait eu pour objectif de hausser le vieux Sénèque à la dignité impériale ! On dresse des dates falsifiées, on signifie des réunions secrètes qui n'ont jamais existé, on se sert des longues semaines de disparition de Sénèque pour lui imputer toutes les intrigues imaginables. Qu'il lève seulement le voile sur ce mystère pour réduire à néant ces calomnies. Il s'y refuse. Je lui fais valoir que Néron ne tardera pas à réclamer sa mort.

Il en sourit.

Signé Statius Annaeus

Nomentum, 27 avril 65

Cher Lucilius,

La pièce est jouée.

Nous dînions à sa table en compagnie de son épouse Paulina et d'un ami, Romanus Sacerdoce, lorsque le tribun Gavius Silanus, passé auparavant l'interroger sur ses relations avec les conjurés de Pison, revint lui transmettre les ordres de l'empereur : la mort. Comme tant, Sénèque était sommé de se suicider. Le philosophe ne laissa paraître aucun signe de frayeur, ni dans ses paroles ni sur ses traits. Il demanda simplement que lui soient portées ses tablettes testamentaires, ce qui lui fut refusé. Néron, sachant son nom en bonne place sur l'héritage faramineux de Sénèque, craignait que le philosophe ne l'en lèse aussitôt son suicide exigé. Sénèque nous dit : « Puisqu'on m'empêche de vous témoigner ma reconnaissance pour tout ce que vous m'avez fait de bon et d'aimant ces derniers temps, je vous léguerai le seul bien qui soit encore en ma possession, le plus cher à mon cœur, c'est-à-dire l'image de ma vie. Conservez-en le souvenir et vous trouverez dans une réputation de vertu la récompense de mon amitié fidèle. »

Nous trois, nous pleurions ; Sénèque nous rappela à plus de fermeté : « Que faites-vous des préceptes de la philosophie, où sont les arguments que nous échangions et qui, médités depuis tant d'années, doivent servir à contrer les assauts de la Fortune ? Ne feignons pas de découvrir la cruauté de Néron ! Après avoir fait mourir sa mère et son frère, il ne lui restait qu'à grossir le nombre de ces meurtres avec celui de l'homme qui l'a élevé et instruit. »

Sénèque prit sa femme Paulina entre ses bras ; il la supplia de modérer sa douleur. « N'attends pas que les choses arrivent comme tu le souhaites, mais décide de vouloir ce qui arrive, y compris le pire, ainsi seulement tu seras heureuse, ma femme, même dans l'adversité. » Mais elle, au contraire, soudain résolue, lui assure qu'elle souhaite mourir avec lui. Il proteste, mais Paulina rétorque : « Voilà ce que je décide qu'il arrive ! » Sénèque est ému jusqu'à l'âme. « Je t'ai montré ce que la vie recèle de douceurs, tu préfères la gloire de mourir ; je ne te priverai pas de donner un tel exemple. Ton départ, Paulina, a plus d'éclat que le mien ! » Ensuite de quoi, l'un et l'autre s'ouvrent une veine du bras.

Ce qui précède et tout ce qui suit, cher Lucilius, jamais je ne l'oublierai et je souhaite le verser en toi afin que ce témoignage te devienne aussi vivant qu'un souvenir propre.

Le corps de Sénèque, vieux et diminué, ne savait pas mourir. Son sang gouttait à peine le long de son bras, aussi le philosophe se fit-il trancher les veines des jambes et des jarrets. L'effusion s'intensifia. La douleur aussi. Pour la première fois nous vîmes son visage se crisper. Sénèque remarqua que sa femme souffrait de le voir souffrir et craignit que le spectacle de sa faiblesse n'entamât son courage à elle ; il demanda alors à être conduit dans une autre pièce. Porté par ses esclaves, le vieil homme déposa un long baiser d'adieu sur le front de son épouse.

J'ai accompagné Sénèque dans la chambre voisine. Là il se composa le visage qu'il souhaitait offrir à la mort et fit venir ses esclaves afin qu'ils écrivissent sous sa dictée, comme s'il se fût agi d'une journée ordinaire de travail. Le philosophe fit la litanie de ses regrets ; je te les livre en substance, Lucilius, car ordre a été donné au tribun de confisquer les derniers écrits du maître : « Je regrette d'avoir compris trop tard les justes paroles que mon maître Attalus avait remises à ma jeunesse, je regrette mes écarts en Égypte où j'ai succombé à trop de sectes philosophiques, prouvant ma faiblesse d'esprit, je regrette de m'être jeté corps et âme dans les dérèglements politiques de Caligula et de Claude, je regrette d'avoir longtemps prêché la sagesse dans mes écrits, comme si elle était mienne d'expérience, alors qu'elle n'était qu'un savoir puisé chez mes illustres prédécesseurs, je regrette d'avoir trop convoité les richesses et, pour cela, d'avoir mis dans mon lit maintes femmes influentes, je regrette d'avoir été l'avocat de scélérats pour le seul plaisir de faire une plaidoirie qui puisse être applaudie, je regrette d'avoir été trop longtemps le défenseur de Néron, cet opprobre entachera mon nom, bien que je siège, en conscience, parmi les moins coupables de son règne. Je regrette d'avoir perdu en bas âge ce petit garçon qui eût été aujourd'hui mon fils, un homme et une main secourable ; un vieillard privé d'enfant, quels que soient les accomplissements de sa vie, ne s'en va pas dans la plénitude. Je regrette d'avoir trempé, même par omission, dans les morts de Britannicus, d'Agrippine et de Burrus, de ne pas avoir insisté plus ardemment pour conquérir ma retraite, de m'être tu lorsque Néron a fait piller les richesses des temples sacrés. Enfin je regrette, à mon heure dernière, d'avoir vu Sénèque trahir Sénèque, comme personne jamais n'avait osé le faire avant lui ! À un jeune protégé, à un jeune ami, j'ai prêché sans relâche la tempérance, la méthode qui doit enseigner à l'homme la voie pour être heureux, y compris au plus fort de la tempête, à ne jamais se laisser emporter par des passions nocives. M'a-t-il déçu ? Jamais. Ai-je été à la hauteur de mon enseignement ? En aucun cas. La première occasion venue, j'ai supplié cette bonne âme en exil de rentrer à Rome. Je l'ai poussée, malgré ses saines réticences, vers sa fin ; je ne suis pas resté serein, je ne suis pas resté philosophe, je ne suis pas resté sage ; l'imprudence, ce vice infantile par excellence, m'a perdu, à soixante-trois ans ; là où l'on s'attend que le disciple fautât, on voit le maître pire qu'un novice incompétent. »

Voilà ses paroles qui me sont revenues.

Pendant ce temps, Néron avait fait ordonner que l'on empêchât Paulina de suivre son époux dans la mort, craignant d'accroître sa réputation de cruauté si l'on en venait à dire qu'elle périssait sur son ordre. Des soldats accoururent à la villa où ils la trouvèrent évanouie. On lui appliqua des compresses afin de bloquer l'hémorragie.

Dans la chambre du maître, la mort se faisait attendre ; Sénèque, l'esprit encore vif, me supplia de lui administrer un poison pour précipiter son terme. Cette fiole – je la lui avais remise quatre ans auparavant, lorsqu'il sentit monter le déplaisir de Néron à son encontre –, il la reçut avec soulagement. Je la portai à ses lèvres. Nous attendîmes les convulsions ; las, le remède resta sans effet. Les membres de Sénèque étaient déjà froids et son corps rendu insensible à la morsure du poison. Sénèque, d'une lucidité effarante, s'amusant presque que la mort ait « peur de lui », demanda à être immergé dans un bain d'eau chaude, convaincu que l'engourdissement lui serait fatal. J'aidai à cette manœuvre poignante : Sénèque pesait comme un petit enfant. Dans le bain, l'attente morbide reprit. L'âme refusait toujours de quitter la prison de son corps. Sénèque a aspergé ses esclaves, disant qu'il offrait ce liquide en libation à Jupiter Libérateur, espérant que ce dernier ne tarderait plus à le délivrer (de la vie ou de Néron ?). Une heure encore et j'ai lu dans l'œil des esclaves la crainte et la fascination ; et si le maître était immortel ? murmuraient-ils. Sénèque entendit et sourit : « Non ! Je n'ai pas mérité un tel châtiment ! » Il a ensuite supplié qu'on le transporte, cette fois, dans une étuve bouillante. Là, comme l'on se glisse ravi entre les draps d'un lit, avec la promesse d'une longue nuit réparatrice, la chaleur intense lui a enfin fait rendre son dernier souffle.

J'espère que jamais l'humanité n'oubliera cet exemple de mort. Tous ceux qui craignent pour la fin de leur vie, qui paniquent à la seule idée de n'être plus, devraient se souvenir qu'il fut un homme, Sénèque le Jeune, qui sut vaincre la mort ; qu'il fut un philosophe du temps de Néron qui ne raisonnait pas en vain et qui fit de lui-même, de son anéantissement, la plus belle leçon qui soit.

Notre ami a été incinéré, sans cérémonie funèbre, en conformité avec ses dernières volontés.

Paulina était auprès de moi ce matin-là, pâle, affreusement affectée par la perte de son mari et par l'échec de leur mort commune. Je lui dis : « Dans sa mort, Sénèque a répondu à l'une de ses *Lettres à Lucilius* : "Pour moi, si près de voir venir le jour qui doit juger toutes mes années, je m'examine et me dis : 'Non, Sénèque, jusqu'ici ni tes actes ni tes paroles n'ont rien prouvé ; ces garants de ta valeur morale, légers et trompeurs, sont restés enveloppés d'illusions. Tes véritables progrès ? Seule la mort te les certifiera !'" » Voilà qui est fait.

J'ajoutai : « Un homme qui meurt est dans sa vérité, il n'a ni ne montre plus aucun secret. »

L'épouse, malgré fatigue et douleur, parvint à sourire : « Les secrets ? dit-elle. Philosophe ou pas, il n'y a guère que cela que l'on emporte avec soi dans l'autre monde. L'histoire retiendra que Néron a tué le plus grand philosophe de son temps. Je sais moi qu'il en va autrement. »

Elle me désigna une femme qui assistait à la crémation de Sénèque.

« Calvina et moi, nous le savons. Un fils est né de leur liaison secrète. Ce petit Marcus, élevé contre son gré par le mari Scaurus, Sénèque l'a couvé de très loin pendant de longues années, sans jamais lui avouer leur parenté ni rien m'en cacher non plus. Lorsqu'il a fui Rome, Sénèque a trouvé le prétexte pour devenir enfin, à son endroit, ce directeur de conscience que tout bon père doit être pour son fils. De ces lettres intimes, connues désormais comme à destination de Lucilius, Sénèque disait justement qu'elles avaient une qualité supérieure à toute correspondance pédagogique : « Non pas pour ce que j'y mets, mais parce qu'elles proviennent du cœur. » Ce même cœur qui a aveuglé Sénèque au moment d'arracher Marcus Scaurus à son lointain exil ; ce même cœur brisé à l'annonce du supplice de ce fils unique. Par la suite, malgré sa faiblesse, Sénèque a voyagé jusqu'en Dalmatie pour retrouver sur son îlot la femme qui portait dans son sein l'enfant de Marcus. Cette quête a échoué ; Marcus, soucieux de leur sécurité et prévoyant, l'avait invitée à attendre son retour de Rome dans un lieu connu d'eux seuls. Sénèque ne verrait jamais son petit-fils, qui portait peut-être le même nom que lui. Cet enfant était la seule ancre à laquelle le vieil homme pouvait encore se raccrocher. Il est rentré à Rome. Dans ces circonstances, la manière de s'intéresser aux manœuvres indignes de la conjuration de Pison ! Il n'importait plus pour lui. Cette calomnie n'était pas un mal, qui lui permettait de partir à sa façon, d'un suicide dépouillé de tout caractère déraisonnable et prétentieux, dernier coup d'éclat d'un homme libre qui illumine, rétrospectivement, soixante-cinq années d'une vie, et qui les justifie. »

Voilà ce que Paulina m'a appris. Certes, Sénèque nous a quittés avec ses secrets… En cela, il ressemble à tous ; néanmoins, ce qui est commun n'est point similaire pour autant ; à peu d'entre nous, il est donné de mériter l'épitaphe de Sénèque.

Je te la livre. La grâce des dieux fasse que nous sachions tous nous en aller un jour, hommes faits dans tous les sens du terme, sans avoir besoin de nous retourner.

Soins, labeurs dévoués, charges, honneurs, richesses,
Allez, portez ailleurs l'appât de vos promesses ;
Loin de vous Dieu m'appelle à l'éternel repos :
J'ai fait ma tâche. Adieu donc, terre hospitalière !
Tu veux ce corps : prends-le, qu'il dorme sous sa pierre.
Je rends mon âme au ciel, et te laisse mes os.

À bientôt, cher Lucilius.
Porte-toi bien.

Signé Statius Annaeus

Vie de Sénèque

« Que nous importe un livre qui ne nous emmène pas au-delà de tous les livres[1] ? » Voilà. Une courte phrase et c'est plié : Nietzsche a défini le Graal de la littérature. Une littérature qui répugnerait à vouloir seulement plaire, divertir, instruire ou convaincre, mais qui, hissée au rang de l'expérience vécue, parvient à bouleverser le cours d'une vie.

En général, on s'entend assez facilement sur cette définition de la chose écrite parfaite ; les gifles commencent à voler sitôt qu'on se pique de vouloir citer des noms ou des titres.

C'est ainsi : tous les lecteurs voient le Graal à leur porte.

Pour tel ou tel ce sera *Moby Dick*, le *Discours de la méthode*, *L'Archipel du Goulag*, *Last Exit to Brooklyn* ou les *Vies minuscules*. Sans oublier *L'Alchimiste*, *Jonathan Livingstone le Goéland*, *Le Messie récalcitrant*, *La Prophétie des Andes* ou *Le Petit Prince*. La foudre peut tomber partout. Une rencontre entre un

---

1. Friedrich Nietzsche, *Le Gai Savoir*, III, 248.

auteur et un lecteur ne se discute pas ; ses modalités varient toujours, en particulier au gré des époques et de leurs préjugés.

Ces lecteurs du XVIe siècle qui mesuraient Honoré d'Urfé ou l'Arioste à l'aune d'Homère et de Virgile, leur attribuant la même immortalité, seraient très vexés d'apprendre que cinq petits siècles ont eu raison d'eux.

Il existe cependant quelques œuvres, rares et majeures, qui suscitent l'unanimité ; elles franchissent les siècles et se jouent de la ruine des civilisations, telles les *Lettres à Lucilius* de Sénèque. Cet ouvrage bientôt bimillénaire a été le livre de chevet de tous les grands hommes du passé (au premier chef Michel de Montaigne dont la première version des *Essais* est, en maints endroits, une admirable paraphrase des *Lettres*), il n'a jamais connu d'éclipse durable, même au cours de l'essor pris par la pensée chrétienne qui inféoda les propos de Sénèque à ses besoins.

Rédigées et publiées entre 62 et 65 apr. J.-C., de la main d'un homme âgé de plus de soixante-trois ans, ces *Lettres* sont l'œuvre d'un philosophe qui, né sous Auguste, ayant vécu sous Tibère, Caligula, Claude et Néron, a derrière lui une vie exemplaire, riche, exceptionnelle même au regard de son temps et de ses origines familiales.

Sénèque serait né entre - 2 av. J.-C. et + 2 apr. J.-C., à Cordoue, dans la province de Bétique, en Espagne (actuelle Andalousie), issu d'une vieille famille aisée de colons romains, les Annaeus ; même si les « provinciaux » de l'empire jouissaient de tous les droits attachés à la citoyenneté romaine, ils n'en restaient pas moins considérés comme moindres par les grandes familles nobiliaires de Rome ; ce qui rend la trajectoire sociale de ce « parvenu » de Sénèque d'autant plus remarquable.

Sa famille s'installe à Rome alors qu'il est en bas âge. Son père – qui nourrissait une passion pour la rhétorique, les joutes d'éloquence et les cours de déclamation – lui fait prodiguer une excellente éducation libérale ; il ambitionne que son fils hisse les Annaeus jusqu'à la dignité sénatoriale, honneur que leur rang, et surtout leur fortune, les autorisent à briguer.

Deux obstacles vont se dresser devant les ambitions de Sénèque le Père : d'abord Sénèque ne partage pas la passion paternelle pour les rhéteurs, il se montre plus sensible à la philosophie, au point qu'adolescent, il se laissera entraîner assez loin aux côtés des pythagoriciens, membres d'une secte philosophique grecque qui confine à la religion pure. Cette tendance à la philosophie n'est pas du goût du père qui le force à revenir « à la raison » et à la rhétorique. Ensuite sa santé va se fragiliser. Lorsqu'il atteint, vers 25 apr. J.-C., l'âge de poser sa candidature aux premiers postes de la « carrière des honneurs », son état physique et mental est si dégradé qu'on doit se résoudre à lui faire quitter Rome et il part en Égypte rejoindre sa tante, la femme du préfet local, au motif que le climat sec de Philae serait bénéfique à ses maux.

Le séjour égyptien de Sénèque dure plusieurs années, sans qu'on en sache beaucoup. On présume qu'il dut être enrichissant pour un jeune homme que séduisait le monde des idées : en Égypte, Sénèque put se familiariser avec des courants religieux, philosophiques et scientifiques mal représentés à Rome : comme la tradition juive ou le symbolisme de l'ancienne Égypte.

Il rentre à Rome en l'an 31, non pas guéri (il restera faible toute sa vie) mais apte enfin à reprendre les ambitions de son père là où il les avait laissées. Le vieux Sénèque, âgé de plus de quatre-vingts ans, compte toujours que son fils accède aux plus hautes fonctions. Par l'entremise de sa tante qui use des relations de son mari préfet, Sénèque entre enfin à trente ans dans la questure, qui lui ouvre les portes du Sénat. Son passage dans la magistrature va être flamboyant. Les leçons d'éloquence dont son père l'a accablé durant sa jeunesse portent leurs fruits : Sénèque devient un redoutable avocat. Dans une Rome qui fonctionne sur un mode clanique, on s'arrache vite ce jeune homme au verbe haut qui sait défendre et abattre n'importe quelle cause.

Cette période de la vie de Sénèque est mondaine et mêlée d'intrigues de palais. Il a opté pour une ascension sociale par les femmes. Caligula règne. Il a trois sœurs, Drusilla, Agrippine (la mère du futur Néron) et Livilla. On sait la passion incestueuse de Caligula pour Drusilla, l'immense peine qu'il ressentit à sa mort, au point de la faire entrer au panthéon des dieux romains. Sénèque va se rapprocher stratégiquement de Livilla, cadette ambitieuse, aussi dégénérée sexuellement que son frère. On rapporte qu'il fut son amant. À cette époque, il publie ses premières œuvres littéraires, la *Consolation à Marcia* et les premières parties de son traité *Sur la colère*. En cela, il suit vraisemblablement l'exemple de son illustre aîné Cicéron qui, comme lui, ne profitait pas d'une haute naissance et dut faire sa place à Rome par la magistrature et la gloire littéraire.

Les succès oratoires de Sénèque sont tels qu'ils froissent Caligula. L'empereur décrète son assassinat au prétexte que son verbe, par trop efficace, pourrait se retourner contre la dignité impériale. Selon l'historien Dion Cassius, Sénèque doit la vie à une amie, maîtresse de Caligula, qui fit valoir à l'empereur que l'avocat était d'une si faible constitution qu'il ne lui restait plus que quelques mois à vivre. À l'avènement de l'empereur Claude, la trajectoire fulgurante de Sénèque est brutalement interrompue : sa femme Messaline déteste Livilla en qui elle voit, à juste titre, une rivale permanente. Toutes ses relations en pâtissent. Sénèque est condamné à l'exil pour « adultère » avec la sœur de Caligula.

Le voici relégué en Corse. Il y passe neuf années. Neuf années où il écrit, faute de mieux, et qui vont l'asseoir comme le plus grand écrivain de son temps. Il publie la *Consolation à Helvie* et la *Consolation à Polybe*, des poèmes d'exil et ses premières tragédies.

Son retour à Rome est provoqué par Agrippine. Cette dernière, ayant succédé, après mille intrigues, à Messaline dans le lit de Claude, n'a pas oublié les dons de Sénèque, et sait combien sa gloire et ses liens avec les sénateurs peuvent lui être utiles dans la conquête et la préservation du pouvoir. Elle convainc Claude de faire rappeler de Corse le plus illustre des exilés romains et, sitôt son arrivée, décide de lui confier l'éducation de son fils Néron.

Sénèque, qui n'a jamais perdu son appétit pour la philosophie, qui ne cesse de prôner une vie détachée et studieuse, qui invite avec constance à la sagesse, est plongé en première ligne dans les menées politiques qui ont précédé l'accession au trône de Néron : assassinat de Claude et évincement de Britannicus, l'héritier légitime.

S'ouvrent alors cinq années fastes où Sénèque sera au faîte de sa gloire et de sa puissance. Néron trop jeune pour régner, c'est à Sénèque et à Burrus, grand militaire qui occupe le poste de préfet du prétoire, qu'il revient de conduire l'Empire romain. Les deux hommes s'entendent et se partagent les responsabilités ; surtout, ils parviennent à contenir les éclats et les déviances qui commencent à se faire jour chez Néron.

Sénèque, grâce aux nombreuses gratifications de Néron et à son sens inné des affaires, va devenir l'un des Romains les plus riches de l'empire. Il incarne alors l'idéal romain : réussite sociale, gloire sénatoriale, gloire littéraire, immense fortune, philosophe de renom. Ce qui lui vaut admiration et inimitié. Beaucoup en veulent à l'ascension de ce « parvenu d'Espagne ».

Agrippine ne supporte pas d'être tenue à l'écart du pouvoir par Néron. L'insatiable comploteuse se met alors à ourdir contre son propre fils, rejoignant le parti du même Britannicus qu'elle avait spolié quelques années plus tôt.

Cette manœuvre sera sa dernière : Agrippine et Britannicus sont tués.

On ignore le niveau d'implication de Sénèque dans ce carnage, mais il ne saurait avoir été complètement neutre. Sénèque défend devant le Sénat le choix de Néron de supprimer Agrippine, au motif qu'elle menaçait la paix et la sécurité de l'empire. Ce même Sénèque qui devait tout à Agrippine… Ces années de compromission aux côtés de Néron lui seront toujours reprochées.

En 62, Burrus meurt. Sénèque perd son partenaire à la tête de Rome ; il perd surtout l'allié qui lui permettait de contrôler l'irascible Néron. Fragilisé, Sénèque ne peut contrôler l'ascension de Tigellin, chef du prétoire et nouvelle âme damnée de Néron, qui n'hésite pas à le pousser dans ses vices pour mieux se l'assujettir.

Sénèque renonce et, profitant de l'âge de la retraite au Sénat, demande à être relevé de toutes ses fonctions de conseiller impérial. Il propose même de remettre son immense fortune à Néron, ce que ce dernier refuse, ne voulant pas paraître mesquin envers son ancien précepteur et l'artisan des premières belles années de son règne.

Fatigué, toujours malade, à défaut de pouvoir partir au loin, Sénèque s'enferme chez lui, dans un « exil intérieur » ; il décide de consacrer toutes ces heures à cette philosophie qu'il prône depuis toujours, et à rédiger ses derniers ouvrages.

Il lui reste trois années à vivre. Trois années d'horreurs néroniennes qui lui diront assez l'échec de son rêve de faire naître un roi juste et clément, un roi philosophe.

C'est à cette époque qu'il commence la rédaction des *Lettres à Lucilius*. Lucilius Iunior est un vieil ami, rencontré vraisemblablement du temps des intrigues des sœurs Livilla et Agrippine contre Caligula. Lucilius a, en 62, une cinquantaine d'années, il est procurateur de Sicile, et poète occasionnel. Cet illustre inconnu va servir de « miroir pédagogique » au grand Sénèque. Il est difficile de savoir si les *Lettres à Lucilius* sont une véritable correspondance ou plutôt un genre, une convention littéraire. Les lettres écrites par Lucilius ne nous sont pas parvenues. Ce qui est certain, c'est que la version qui a survécu est la « correspondance philosophique publique » publiée du vivant de Sénèque et restée inachevée. Les lettres sont au nombre de 124, réparties en 21 parties. Feignant de vouloir réformer un bon ami, l'inciter à quitter ses fonctions officielles pour embrasser la philosophie avant qu'il ne soit trop tard, Sénèque repasse sur tous ses thèmes privilégiés, toutes ses convictions, et dessine son interprétation de la philosophie stoïcienne, école grecque vieille de plus de trois siècles à laquelle il a adhéré toute sa vie d'homme.

Sénèque, retranché dans ses beaux palais, s'interdisant toute déclaration publique, reste un personnage incontournable à Rome, une figure universelle, et sa désapprobation du règne de Néron, même silencieuse, même déguisée sous des formules conciliantes, pèse à l'empereur.

L'occasion d'une conjuration avortée, celle de Pison, va donner à Tigellin et à Néron l'occasion de se débarrasser de ce « témoin de l'Histoire » embarrassant. Il ne fait aucun doute que Sénèque n'était pas impliqué directement dans la conjuration, mais que des membres de cette dernière auraient bien aimé se gagner son inestimable présence.

En avril 65, Néron donne au vieux Sénèque l'ordre de se suicider. Cette mort, sublime tant elle incarne la constance et la fermeté que le philosophe a toujours prônées face aux assauts de la Fortune, est l'un des plus beaux morceaux de bravoure de la Rome antique.

Les *Lettres à Lucilius* de Sénèque sont ce livre qui m'emmène « au-delà de tous les livres », cher à Nietzsche. Chef-d'œuvre de philosophie pratique, méthode d'apprentissage du bonheur, conseils d'un ami idéal, on ne saurait y plonger sans envier Lucilius de posséder un compagnon si secourable, ni sans se demander ce que pouvaient être ses lettres à lui, qui nous manquent. Pour sa part, Sénèque ne cesse de faire mine de répondre aux questions de Lucilius ou de revenir sur des points exposés par lui.

Quitte Rome ou meurs reprend certaines des missives illustres du philosophe. Marcus Scaurus est un personnage de fiction, toutefois nous en savons si peu sur le véritable Lucilius Iunior que c'eût été, dans un cas comme dans l'autre, semblable pure invention. Un mystère plane sur les *Lettres*. Leur renommée et leur longévité ne s'expliquent pas seulement par la qualité des propos tenus par Sénèque ; il s'en dégage, surtout au début, une tendresse, une bienveillance qui leur donne cette patte intime, et qui réussit à séduire le public depuis deux mille ans.

Est-ce ce ton dont aurait usé Sénèque s'il avait eu un fils ? Cher lecteur, il ne me reste qu'à t'inviter à découvrir davantage les lettres du « maître », toutes les lettres, en suivant le précieux conseil d'Émile Faguet : « Lis lentement »…

L'ANNEXE

Fiches biographiques

Antisthène, né v. 444 et mort v. 365 av. J.-C., est un philosophe grec, fondateur de l'école des Cyniques, célèbre pour son mépris des hommes et sa conviction que seule la vertu permet d'être heureux.

Aspasie, courtisane grecque du ve siècle av. J.-C., belle, cultivée et très habile qui séduisit le grand Périclès, maître d'Athènes. Devenue sa maîtresse (certaines sources évoquent un mariage), elle lui donna un fils. Très aimée des artistes et des philosophes – Sophocle, Phydias et Socrate la fréquentaient –, très belle, très influente, elle fut beaucoup calomniée, surtout pour son passé de petite vertu.

Atticus (109–32 av. J.-C.). Ami et correspondant privilégié de Cicéron (plus de 450 lettres lui étant adressées sont parvenues jusqu'à nous), **Titus Pomponius Atticus** est un personnage très attachant : héritier fortuné, fin érudit, homme de prudence, il sut toujours se tenir à l'écart de l'action politique, refusant la course aux honneurs chère à ses contemporains. Cornelius Nepos, qui a relaté sa vie, expose à quel point Atticus était aimé et jouissait de nombreux bons amis, se faisant même apprécier d'irréductibles ennemis de la Guerre civile. Atticus était un homme de bons conseils et sut seconder durablement son ami Cicéron. Il a été le premier éditeur de la Rome antique.

Carnéade (v. 219 av. J.-C. - 128 av. J.-C.) est un philosophe grec platonicien. Cicéron fait part de son extrême vivacité d'esprit : pairs et disciples redoutaient de l'affronter dans un débat d'idées. Il n'a pas laissé d'écrits mais son enseignement a été sauvegardé grâce à son successeur à la tête de la « Nouvelle Académie », Clitomaque de Carthage. À en croire Diogène de Laërce, vieux et aveugle, Carnéade semble avoir été lâche face à la mort, bien qu'il ait répété à l'envi : « La Nature qui m'a fait saura bien me défaire. » Dans sa *Seconde Académique*, Cicéron rapporte : « Délivrer nos âmes de ce monstre redoutable et farouche qu'on nomme la précipitation du jugement, voilà le travail d'Hercule que Carnéade a accompli. »

Caton l'Ancien, dit le Censeur (234 av. J.-C. – 149 av. J.-C.) et son arrière-petit-fils **Caton d'Utique, dit le Jeune** (95 av. J.-C. – 46 av. J.-C.) appartiennent aux figures d'État les plus estimées de la République romaine. Le premier réforma les mœurs de son temps, le second s'opposa à la montée tyrannique de Jules César ; refusant de « survivre à la liberté » dont il prophétisait la disparition, il se suicida à Utique.

Cecinas Petus (? - 43), condamné au suicide pour avoir fomenté une rébellion contre l'empereur Claude. Le souvenir de ce personnage de la Rome antique est surtout connu grâce à son épouse, Arria, dont Pline le Jeune nous a offert le portrait moral dans sa *Lettre à Nepos*. Au moment de leur suicide, alors que Cecina Petus hésitait à se tuer avec toute la fermeté requise, Arria lui arracha son couteau et se le planta dans le sein avant de le lui rendre, ensanglanté, disant ces dernières paroles avant de mourir : *« Non dolet, Paete ! »* « Cela ne fait pas mal, Petus ! »

Corbulon, né vers l'an 7 et mort en 67, est un général et consul romain très célèbre. Immense tacticien militaire, il gouverna avec poigne les provinces romains d'Asie. Jaloux de ses succès, Néron a ordonné son suicide.

Diogène de Sinope, né v. 413 et mort v. 327 av. J.-C., est un philosophe grec de l'école cynique, disciple d'Antisthène. Son mépris des richesses et des conventions sociales est proverbiale. Sa vie durant, il aura fustigé les faiblesses humaines, sans rien craindre ni personne. Il finit par vivre par provocation dans un tonneau à Corinthe, au su et au vu de tous. À Alexandre le Grand qui lui demandait en quoi il pouvait lui être agréable, il répondit : « Ôte-toi de devant moi, tu me caches mon soleil ! »

Calpurnius Siculus (Sicilien, milieu du Iᵉʳ s. apr. J.-C.) était un poète latin. Dans ses *Eglogues*, il marque son enthousiasme, et celui de tous les Romains, pour l'avènement de Néron, qui suscitait alors bien des espoirs.

Euclide de Mégare (v. 450 av. J.-C. - v. 380 av. J.-C.) était un philosophe de la Grèce antique de l'école socratique. À ne pas confondre avec son homonyme le célèbre mathématicien Euclide d'Alexandrie, comme ce fut le cas au cours du Moyen Âge.

Marcus Claudius Marcellus est un consul qui s'est opposé frontalement à la montée en puissance de Jules César à Rome. Il a été exilé. Parce qu'il était issu d'une vieille famille nobiliaire, et grand soldat, le Sénat finit par demander unanimement son retour. Cicéron a prononcé un discours célèbre pour inciter Jules César à la clémence et à la magnanimité.

Rutilius Rufus (158 av. J.-C. - v. 78 av. J.-C.) est un homme politique, un guerrier, un orateur et un historien de la Rome antique, grand-oncle de Jules César. En 92 avant J.-C., il est accusé à tort de collusion. Il s'exile sur l'île de Lesbos dans la mer Égée, puis à Smyrne en Asie Mineure, par défi contre ses procureurs. Il refusa toujours de revenir à Rome, même lorsque Sylla le lui demanda. Il est un exemple de vertu souvent cité par Sénèque.

La bataille du Muthul à laquelle il participa activement opposa en -108 les légions romaines aux troupes numides de Jugurtha.

Séjan (20 av. J.-C. - 31 apr. J.-C.) fut le préfet de la garde prétorienne de l'Empire romain et le citoyen le plus influent de Rome sous l'empereur Tibère. Il fut un soutien de la famille de Sénèque et non leur adversaire.

Théophraste (372 av. J.-C. - 288 av. J.-C.) fut un philosophe grec disciple d'Aristote. À la mort de ce dernier, il lui succéda comme directeur de l'école de philosophie aristotélicienne, le Lycée. Son œuvre *Les Caractères moraux* est aujourd'hui encore très célèbre car elle a servi de modèle aux *Caractères* de La Bruyère.

Thrasea est un sénateur romain et un philosophe qui vécut sous Néron. Ami de Sénèque, tout d'abord traité avec égard par le jeune empereur, il est l'un des premiers à Rome à se soulever contre l'arbitraire montant du tyran et contre l'assujettissement odieux du Sénat. En l'an 59, il fait un éclat en refusant son vote suite au discours de Néron justifiant l'assassinat politique de sa mère Agrippine. Témoin critique de son temps, homme loyal aux mœurs sévères, incorruptible, il fut contraint au suicide par Néron en l'an 69. La vie de Thrasea a été considérée par les Anciens comme un modèle de conduite sous la tyrannie.

Tigellin, personnage très influent sous Néron, qui a succédé à Burrus en tant que préfet du prétoire. Son lieu et sa date de naissance ne sont pas connus. Son nom apparaît sous Caligula, lorsqu'il est banni de Rome en l'an 39, accusé d'avoir couché avec les sœurs de l'empereur, Agrippine (la mère de Néron) et Livilla. Rappelé d'exil par Claude, il amasse une immense fortune dans l'élevage de chevaux. La passion du jeune empereur Néron pour les courses de chars va les rapprocher. Tigellin a tôt compris l'inclination pathologique de Néron et va gagner sa confiance en organisant et en participant avec lui à d'infernales orgies. Néron était jusque-là sous la coupe sage de Sénèque, il va s'émanciper au profit de Tigellin.

Définitions

L'Apocoloquintose ou « transformation de l'empereur Claude en citrouille » écrit par Sénèque vers l'an 54, d'une part pour se venger de l'empereur qui l'avait exilé en Corse de 41 à 49, de l'autre pour hausser, en contre-exemple, l'image de marque du jeune Néron.

L'**Aréopage** était l'assemblée politique et judiciaire de la Grèce antique. Marcus Scaurus fait référence au souvenir de **Phrynée**, une célèbre et richissime prostituée grecque du IVe siècle avant J.-C. qui fut accusée par la Haute Cour de corrompre les jeunes femmes de la cité. Elle fut déférée devant les juges de l'Aréopage qui comptaient la mettre à mort. Les arguments de sa défense ne semblant pas porter leurs fruits, son avocat, Hypéride, décida de lui arracher sa tunique et de la présenter nue. Son charme et sa plastique parfaite (pouvait-on ôter la vie à une telle merveille de la nature ? aurait tonné Hypéride, qui était aussi son amant) eurent l'effet escompté sur les vieux barbons du tribunal qui l'acquittèrent. Elle fut portée en triomphe.

Consuls éponymes : les deux consuls dits *éponymes* donnaient leurs noms à l'année pendant laquelle ils exerçaient leur charge. Ce binôme était renouvelé tous les ans. Dans la vie usuelle, les Romains parlaient en années consulaires et non en années comptées depuis la fondation de Rome (21 avril de l'an 753 av. J.-C.).

Garde prétorienne : garde personnelle de l'empereur.

Garum : condiment utilisé à Rome dès la période étrusque ; une sauce constituée de poisson ayant longtemps fermenté dans du sel.

Licteur : officier au service d'un grand magistrat ; son attribut est un faisceau de verges liées et une hache. Il précède le magistrat lors de ses sorties et procède à l'exécution de ses sentences.

Propréteur : haut magistrat affecté à une province romaine.

Quintaine : cible servant aux exercices de combat des chevaliers, en forme de poteau surmonté d'un écu ou de mannequin tournant ; de là l'expression « servir de quintaine » lorsque les « mauvais coups » pleuvent sur un malheureux.

Triclinium : salle à manger romaine comportant des lits agencés autour de tables rondes ou carrées sur lesquelles étaient présentés les plats.

Tullianum : célèbre prison romaine.

Bibliographie

Dion Cassius, *Histoire romaine*
Tacite, *Annales*
Suétone, *Vie des douze Césars*
Pétrone, *Satiricon*
Calpurnius Siculus, *Églogues*
Lucain, *La Guerre civile*
Catulle, *Poésies*
Cicéron, *Lettres à Atticus*
Virgile, *Géorgiques*

E. Cizek, *Néron*, Fayard, 1982

Charles Gagnebin, *La philosophie critique de Montaigne*, Éditions de l'Aire, Neuchâtel, 2007

Pierre Grimal, *Sénèque ou la conscience de l'empire*, Fayard, 1991

Régie F. Martin, *Les douze Césars*, Les Belles Lettres, 1991

Yves Roman, *Empereurs et sénateurs, une histoire politique de l'Empire romain*, Fayard, 2001

Paul Veyne, *Sénèque, une introduction*,Taillandier, 2007

Des Bienfaits et *Lettres à Lucilius*, traduction de François Malherbe, 1660

Lettres à Lucilius, Sénèque, traduction de Joseph Baillard, Hachette, 1861

Lettres à Lucilius, Sénèque, établissement du texte par François Préchac et traduction de Henri Noblot, les Belles Lettres, 1961

Lettres à Lucilius, Sénèque, traduction de Marie-Ange Jourdan-Gueyer, Flammarion, 1992

TABLE DES MATIÈRES

Composé par Nord Compo
à Villeneuve-d'Ascq (Nord)

Imprimé en Espagne par
Liberduplex
à Barcelone
en mars 2011

POCKET – 12, avenue d'Italie – 75627 Paris cedex 13

N° d'impression : 22630
Dépôt légal : avril 2011
S20423/01